我和班上第二可愛的女生成為朋友 ③

たかた［插畫］日向あずり

Kadokawa Fantastic Novels

✦天海夕 —— Amami Yuu
眾人公認的班上No.1美少女。
與海是從國小就認識的好友。
「聽說你感冒了，所以過來探望你嘍。」
「那個，我才會變得有點擔心。」
✦朝凪海 —— Asanagi Umi
成績優秀並且待人和善，男生們都說她是為「班上第二可愛的女生」。

✦新田新奈 —— Niita Nina
常和海以及夕一起行動。很在乎朋友，面對朋友與非朋友的態度落差極大。
「委員長真的一臉無力耶。」
「海，那個，這是……」
✦前原真樹 —— Maehara Maki
不停轉學，始終沒學會如何交朋友就升上高中，與興趣相投的海一見如故。終於成為男女朋友。

✦大家一起新年參拜！

「呃……真樹，怎麼樣？」
「……嗯。果然跟我想的一樣。」
藍色花朵的髮飾比我想像中的
更搭海的黑髮。
髮飾本身並不大，
所以存在感比較低，
不過我覺得有好好襯托出海的美。
「很、很漂亮喔……海。」
「……嘿嘿，謝謝你，真樹。
這個，我會一直珍惜的。」
HAPPY
BIRTHDAY
sudde
Shark

Nina

原來如此，所以這裡就是兩個人的愛巢吧？

Asanagi

剛加進來就在說些什麼啊？

Amami

真是的，新奈仔。如果這裡是他們的愛巢，那我怎麼辦？

電燈泡……不，果然還是情婦……

小心我扁妳喔。

Maehara

大家聊得這麼熱鬧，那就再好不過了。

喲，委員長，在這裡也要請多關照了。

妳好。

這裡沒什麼了不起的交流，還請自便。

就是啊，海，打情罵俏要選在只有你們兩個人的房間裡喔？

這、這種事我知道啦。

原來如此，也就是說這裡是暫時的……沒錯，是休息的地方吧。

這種說法總讓人覺得話中有話啊……

嗯？怎麼回事？

欸，海，新奈仔是不是說了什麼奇怪的話？

……夕還不用懂也沒關係。

？？？？

我和班上第二可愛的女生成為朋友 ③

たかた ［插畫］日向あずり

Kadokawa Fantastic Novels

I became friends
with the second cutest girl
in the class.

目錄

序章

聖誕夜那天，我與海正式成了男女朋友。

彼此的心意相通這點，早在以前的互動便能隱約知道，但是把自己的心意放進「喜歡」這麼一句話時，內心還是有著「如果被拒絕了怎麼辦」的一抹不安。

所以在海聽到我的表白，流著眼淚開心對我微笑時，我第一個感覺是放心。開心的心情也緊隨而來就是了。

——太好了。我以後也可以繼續待在海身邊啊。

這是我最直接的感想。

「啊～吃得好飽好飽。胃裡已經找不到半點縫隙了～」

「我也是……雖然很努力吃了，還是剩下一點點。」

「好吧，這些就留到明天以後吧。」

「也是。」

我們喝完玻璃杯裡剩下的可樂，懶洋洋地靠著沙發椅背。

除了可樂、披薩與薯條等我們已經吃慣的垃圾食物，還加上派對剩下的雞腿與開胃菜拼盤等等。我們只吃這些自己喜歡的東西來填飽肚子。

然後身邊是共享同樣的時光，互相依偎的情人。

不是朋友，而是比任何人都來得重要的情人。

「……海。」

「……真樹。」

我與海不約而同，輕輕擁抱彼此的身體。

換做是以往的我們，應該會玩玩遊戲，看看電影或漫畫，懶散耍廢到海要回家的時間，然而現在的我們沒有那種心情。

派對的幕後工作意外辛苦，又因為雙親的事，讓我的感情來來去去十分忙亂，這些事情造成的疲勞當然是有的，不過最重要的理由很單純，那就是想和眼前的她打情罵俏。

「嘻嘻，真樹的肚子還是一樣軟綿綿的。」

「海自己才是……雖然想這麼說，但是妳的肚子根本抓不起來，無話可說。」

「畢竟我暗地裡有在努力……話雖如此，其實體重稍微增加了一點，來，你摸摸看這邊，上臂的地方。」

海捲起袖子，朝我伸出嫩白細緻的手臂。

「……呃，可以嗎？」

「可以啊。雖然會有點癢，如果只讓真樹摸就沒關係。」

「這是……這個，因為我們，是男女朋友？」

「……就是這麼回事。」

「那就不好意思了。」

在海伸出的上臂輕輕一捏，發現的確有股軟綿綿的手感……感覺是這樣。

肌膚摸起來非常柔滑，手臂雖細卻意外很有肌肉……完全想不到任何缺點。

「……我不是很懂就是了。」

「真是的，真樹的程度還不夠啊。體重和贅肉的增加，對女生來說是很頭痛的問題。順便說一下『這種軟綿綿的感覺我很喜歡』不算是個好答覆喔。這題考試會考。」

「哪裡的考試啦……啊，當然不可以說『懂我大學』。」

「……呃～」

「被我說中了。」

現在的我多半考不到什麼像樣的分數，所以這方面希望可以慢慢學習。

要能說出讓海滿意的答案，多半還得花上不少時間。

我們就這樣聊些無關緊要的話題，有比平常更多的肌膚之親，度過兩人獨處的時間。

非常開心，非常幸福的時間。

「欸，真樹。」

「嗯？」

「……已經是不得不出門的時間了吧。」

「……嗯。」

時間即將迎來凌晨零點。剛吃完晚了一點的晚餐時，還覺得夜晚才正要開始，不過漫長的聖誕夜也在不知不覺間，就要離開我們身邊。

「……嗚～」

海發出這樣的聲音，把臉埋進我的懷裡撒嬌。

不想回家。還想在喜歡的人身邊多待一會兒。

即使事先和空伯母約好的門限時間一分一秒逼近，我與海卻像是用鎖鍊把彼此的身體牢牢綁住，始終緊靠在一起。

肚子飽飽的，屋裡又很暖和，身邊還有心上人的溫暖。

疲勞感、滿腹感與幸福感，讓我想就這樣什麼也不想，兩個人一起入睡——如此一來，明天想必也能迎來很棒的早晨。

早上醒來身邊就有海平靜的笑容與溫暖，籠罩在彼此的氣味當中，心想從今天起就是寒假，所以兩個人一起睡回籠覺睡過中午。

心想如果能夠這樣，那麼該有多好。

「……海，差不多得回去了。」

「嗚～……嗯。」

然而以前搞出過早上才回去那種事，所以不能這麼做。今天雖然是一年沒有幾次的特殊日子之一，然而正是這種時候，更得好好遵守約定，贏回空伯母和媽媽的信賴才行。

「真樹，抱抱。」

「精神年齡急速下降了吧……我是無所謂啦。」

「嘻嘻，謝啦。」

我維持擁抱的狀態讓海站起來，進行回家的準備。儘管桌上還有東西沒有收拾，但是吃剩的食物都已經放進冰箱，所以這些等明天再收拾就好。

接下來這段時間我們學生都在放寒假，所以多少邋遢一點也能睜一隻眼閉一隻眼吧。

我們一起走出玄關，手牽手搭電梯前往一樓大廳。

由於已經是深夜，外面的空氣很冷，但是不知為何現在不覺得有那麼冷。

「真樹，今天送我到這裡就好。」

「這樣好嗎？雖然這麼晚了，我覺得不會有什麼人……可是我還是擔心。」

「沒問題啦。如果遇到什麼怪人我會馬上逃走，也會小心車子回家。這次你的好意我就心領了。」

「既然這樣……」

的確，即使有我陪同，腳力也肯定是海比較好，所以從這個角度來看，或許沒有我也無所謂——

「……呵呵，真是的，不要這麼明顯露出寂寞的表情。我不是討厭跟真樹一起回家，也不是嫌麻煩，只是正好想一個人回去。只有今天是特例。」

「只有今天……是指妳要去別的地方嗎？」

「不，不是這樣的……我想在一個人的夜路細細品嘗喜悅……就是，感受與心上人成了兩情相悅的情人這回事。」

「……原來。」

如果是那樣，我正好也有同樣的想法。

現在因為是在海面前，在我最喜歡的人面前，所以想要帥而假裝平靜，其實內心正在回味讓我高興得忍不住想跳起來的喜悅。

每次在一起都很開心，不在身邊就會寂寞，即使讓她看到難堪的模樣，依然體貼地包容我，非常可愛又可靠，在我面前不時會愛撒嬌到令人吃驚的女生。

和這樣的海心意相通，成為男女朋友讓我好開心。

壓抑不住感情，獨自在床上手舞足蹈，或是毫無意義地在原地蹦蹦跳跳——無論是我還是海，都需要一點這樣的獨處時間。

「知道了。那麼今天就送妳到這裡。可是妳要小心回家喔。」

「嗯，真樹也是，好好泡個澡，溫暖身體之後才睡喔。畢竟聽說接下來會更冷。」

「了解。那就……明天見。」

「嗯。當然，後天、大後天也是。」

「……是啊。」

沒錯。正如我剛才所說，從明天起就是寒假，所以只要想見面每天都見得到。

一如往常的週五，因為有點事——從此不必每次都要找理由與海見面。

因為想見面，因為想聽聲音，因為寂寞。哪怕沒什麼重大的理由，頻繁與海見面也完全沒關係。

因為我和海已經是男女朋友。

最後，為了補充彼此的成分來撐到翌日，我們花了幾分鐘緊緊相擁，然後才各自回到自己家裡。

「……嘿嘿。」

只剩自己一個人的瞬間，我的嘴角發出這樣的笑聲。

海成了我的女朋友——面對這個事實，我說什麼也按捺不住嘴角上揚。

開心又害臊，讓我的腦袋有點昏昏沉沉。

「既然海那麼說了，之後就泡個澡，好好休息吧。」

剛才說了明天見，可得做好隨時都能迎接她到來的準備才行。

我在浴缸裡回想今天發生的事，獨自度過二十四日（正確來說，日期已經變成二十五日）深夜的時間。

期盼明天也能和海一起度過開心的時間。

……天亮了，迎來二十五日的聖誕節。

寒假第一天，解脫上學的麻煩，從今天起就要懶散度日——早上剛睜開眼睛時還這麼想，然而事與願違。

「——咦……？」

醒來之後立刻注意到異狀。

起來的瞬間，首先感受到非比尋常的寒冷與關節疼痛。昨天我明明按照海的吩咐，泡完澡之後便鑽進被窩，把自己包在海偶爾也會用的毯子和棉被裡，蓋得暖呼呼地睡覺。

「身……身體，好無力。」

我想先喝個水，於是走向廚房，但是只不過從床上起身走個幾步，都顯得相當吃力。

在這個時間點，我已經有了不好的預感，不過我還先喝個水喘口氣，再拖著身體拿起體溫計，測量現在的體溫。

雖然沒有頭痛、喉嚨痛、咳嗽之類的症狀，但是基本上不會錯，多半是感冒了吧。

花了十秒鐘左右量過體溫，視野有些模糊的我凝神看向數位顯示的數字。

【39.6】

「……哇啊。」

看來昨天我在浴缸裡會覺得腦袋昏昏沉沉，並不只是因為開心，似乎還包括我的身體發出「生病了，趕快吃藥睡覺」的信號。

1. 和「情人」的年底年初

總之我生病了，這下子得靜養才行，於是我吃了家裡常備的退燒藥，花了點時間慢慢回到床上躺下。

「……不過話說回來，能撐到昨天已經算是很好了吧。」

我在茫茫然的思緒裡，依序回想進入十二月以後的情形，才意識到發生了很多很多事，多得不是以往所能相比。

導火線多半是雙親的事。我為這件事煩惱之餘，也注意過著身為學生的正常生活，此外也很努力經營與海的情人關係，以及與天海同學、望、新田同學等人的來往。

無論精神層面，還是被精神面拉著走的身體層面，都有很重的負擔。所以到了昨天一切都告一段落，先前緊繃的緊張情緒斷了線，一直以來累積的一切才會一口氣湧現吧。

如果從長遠的人生觀點來看，每件事想必都是好的回憶，尤其是認識和雙親一起拍照的大家，對我來說都是無可替代的緣分，然而在這一個月內，還是發生了太多事。

只要是平常不習慣這種事的人，拚命對抗如此浪潮，無論是誰都會變成這樣。

至於昨晚多半和空伯母喝了好幾攤的媽媽。

『從今天開始回歸職場（啾♡）』

留下這麼一張紙條便活力充沛地上班去了。關於我今天的體溫已經發過訊息通知，至於媽媽幾時會回家就不得而知了。

話說食物和飲料等方面的儲備，由於事先為了昨天的派對買了很多，暫時應該沒問題……如果這樣的狀態持續兩三天，多少還是有點擔心。

不管怎麼說，如果症狀能趁早減輕就好了。

「啊，對了。也得跟海聯絡一聲才行──」

跟媽媽報告過後，我也立刻發了訊息給海。

明天、後天、大後天，我們約好寒假幾乎每天都要見面，不過這下得另外找機會了。

暫時見不到海固然讓我非常寂寞，但是如果是因為感冒而發燒，當然不能傳染給我的寶貝女友海。

總而言之，我只能縮進被窩忍耐，等待體力恢復。

『（前原）　海，抱歉。』

『（朝凪）　早啊，真樹。』

『（朝凪）　怎麼了？發生什麼事嗎？』

『（前原）　關於昨天的約定，我身體有點不舒服……想說是否改天。』

『（朝凪）該不會是感冒之類的吧？』

『（前原）嗯，就是這樣。』

『（前原）大概三十九．六度吧，量出來的數字。』

『（朝凪）t』

『（前原）海？』

『（朝凪）抱歉，我手滑了一下。』

『（朝凪）不是，我的意思是好高啊。』

『（朝凪）一定很難受吧，我馬上過去。』

『（前原）咦，不，這——』

早在非得聯絡海不可的時間點上，我就料到多半會變成這樣，但是從字面上看來，她似乎比我預料的更加動搖。

……果然不該直說發高燒嗎？

讓她操了不必要的心。

『（前原）不行啦。妳的心意讓我很高興，但是這樣說不定會傳染給妳。』

『（朝凪）可是真樹，你現在是一個人吧？我聽媽媽說真咲伯母從今天起回歸職場，這樣你沒辦法靜養，而且也去不了醫院。』

『（朝凪）　我話先說在前面，這一帶走路能到的距離可沒有醫院。』

『（前原）　唔。』

因為我們居住的地區還挺鄉下的，要前往週末假日仍有門診的綜合內科那類醫院，就非得搭車或是大眾交通工具不可。

因此我本來打算先吃家裡的藥，等症狀稍微穩定一點再去醫院。

『（朝凪）　我懂真樹的心情是不想給我添麻煩。』

『（朝凪）　可是年底年初也有很多醫院休息，所以不能這麼悠哉，因為病情也可能在這段期間惡化。』

『（朝凪）　所以我還是馬上過去找你。』

『（朝凪）　然後馬上帶你去醫院。』

『（前原）　……唔。』

她都說成這樣，我也只能舉白旗了。

畢竟在應對病情這方面，想來還是聽海的話比較正確，而且長年住在這裡的朝凪家，應該也會知道比較好的醫院吧。

雖然不想給海添麻煩，但硬要逞強也不太好。

換成是我站在海的立場，也會覺得哪怕傳染感冒，仍然希望待在重要的人身邊，讓對方安心。

『（前原）……抱歉，海。』

『（前原）我又依賴海了。』

『（朝凪）沒關係的。都來到這一步了，我會負責照顧真樹，直到你好起來為止。』

『（朝凪）就當作是之前的售後服務。』

『（前原）那、那就承蒙妳照顧了。』

先前我就在海的房間裡，讓她安撫我直到早上，這次還麻煩她特地來我家照顧我。

……想讓她看到我帥氣的一面，多半還得等上好一陣子。

拜託她照顧的十幾分鐘後，似乎準備就緒的海來電。

「……是。」

『唔……真樹，你還好嗎？』

「還好……我想這麼說，不過也許有點難受。」

『真是的，真樹果然在逞強。這樣反而更讓我擔心，所以這種時候要乖乖跟我報告，知道嗎？』

「了解……」

『呵呵，很好。』

海多半是聽到我說話的聲音後稍微放心了，電話另一頭說話的聲調很平靜。

雖然傳訊息也可以確認狀況，不過這時也許還是好好讓她聽見我的聲音比較好。

『我現在在大樓玄關，馬上過去。』

「知道了。那我馬上開門——」

『啊，不行不行。真樹就這樣繼續躺在床上休息，不可以亂動。』

「咦？可是……」

『沒問題沒問題。鑰匙我有。』

「咦……？」

她有鑰匙？

我家的？為什麼？

搞不太懂的我正陷入混亂時，結果正如海所說，玄關傳來開鎖的喀啦聲響。

隨後立刻有兩張臉探出來看向我的房間。

「嘻嘻，真樹，早安。」

「哎呀呀，你看上去很難受呢。應該還在發燒吧。」

「海……連空伯母都來了。」

「早啊，真樹同學。我陪女兒來多管閒事了。」

海以及她的母親空伯母兩個人來照顧我了。

的確讓人覺得很可靠，但是真沒想到空伯母會過來。

「真樹，我們馬上去醫院看醫生吧。媽媽說會開車載我們。健保卡有放在錢包裡吧？」

「嗯，大概……在這之前，妳怎麼會有我家鑰匙？」

我家的大門鑰匙正在海的手上閃耀光芒。

前原家的鑰匙有三把。一把在我這裡，一把在媽媽那裡，另一把應該是作為萬一有人弄丟鑰匙的備用品，保管在媽媽的房間裡才對……難道。

「該不會媽媽給的鑰匙吧？」

「嗯。昨天媽媽跟真咲伯母去喝酒的時候。是這樣吧？」

「是啊。她說『以後小犬要多勞煩關照了』表示要給海。起初我覺得不太好，不過既然是女兒的寶貝男朋友，那就無所謂吧。」

「果然……」

既然是做事牢靠的海和空伯母，應該值得信任，而且比起由生活層面有點隨興的媽媽管理，我確實覺得這樣要好得多了。

根據她們的說法，目前平常是由空伯母管理，必要時再交給海。

……主要就是為了這種時候。

「真樹同學，衣服不用換，唯獨上半身要穿暖一點。海，把椅子上的羽絨衣拿過來。」

「好～」

我在空伯母的指揮下俐落完成準備，藉由兩人的攙扶上了朝凪家的車，一路開往朝凪家平時會去的醫院。

根據她們的說法，距離醫院開車大約二十分鐘。附近沒有車站，往醫院方向的公車一小時只有一班。看來果然還是海的選擇比較正確。

體溫也比早上量的時候高了一些。

「媽媽，今天可是載著客人，而且還是病人，千萬要安全駕駛喔。」

「哎呀，我隨時都是安全駕駛吧？不可以在真樹同學面前講這種容易令人誤會的話喔。呵呵。」

「…………」

坐在駕駛座上的空伯母，臉上的笑容讓我不禁覺得很可怕。

『（前原）　海。』

『（朝凪）不，我的意思是——』

『（朝凪）媽媽平常不要緊的。平常就有在開車，而且駕駛技術也好。』

『（朝凪）可是，這個，就是有時候會開得太快，或是遇到駕駛禮儀不好的車就顯得不太妙。』

『（前原）像是個性會有點改變？』

『（朝凪）嗯。有點像是顯露本性。』

『（前原）知道了。那麼我會安分一點。』

我和海為了避免被空伯母聽見，改用打字聊天，並且牢牢繫上後座的安全帶。

光是承蒙讓她開車載我就已經很感謝了，所以不打算多說什麼……不過眼前還是暗自祈禱能夠平安抵達吧。

「——嗯。是感冒吧。由於有發燒，喉嚨似乎也有點腫，打個點滴來退燒以及抑制喉嚨發炎。然後會開藥，回家之後就請做好保暖好好休養。」

也許因為是不上不下的上午時段，我們平安無事順利抵達醫院。經過醫師看診後，躺在病床上打了三十分鐘左右的點滴。據說依照驗血的結果，也許還得再來一趟，但是目前只要安靜休養就沒問題。

「真樹，這邊。」

一離開病房，海立刻靠過來扶我。老實說，多虧經過治療，稍微活動一下不成問題，不過海就是這麼關心我的身體，所以我也乖乖把身體靠到她身上。

「真樹同學，感覺怎麼樣？」

「還得看檢查結果，不過醫師說多半只是普通感冒，而且也沒有其他明顯症狀。據說只要過個三天應該就會退燒了。」

「這樣啊，太好了……」

空伯母似乎也很擔心我，我的報告讓她鬆了一口氣。

雖說是女兒的男友，但是我對空伯母來說明明只是外人……她卻願意為我做這麼多，讓我真的只有滿心的感謝。

「剛才我已經先和真咲太太聯絡。你就別在意答謝之類的事，先好好休息吧。」

「好的，謝謝伯母。」

「呵呵，不客氣。好了，藥也拿到了，我們趕快回家吧。」

我請空伯母代墊醫藥費，再次搭她的車回家。

去程由於身體狀況不佳，車內氣氛也很緊繃，不過現在無論海還是空伯母都和樂融融。

「欸，海，還好真樹同學沒什麼大事呢。」

「唔！為、為什麼這時候要把話題扯到我身上啊？」

「哎呀，妳忘了嗎？一大早就臉色大變，大喊『真樹不好了真樹不好了』叫醒我。而且剛才在候診室也一直心浮氣躁。」

「啊！……那是，有、有什麼辦法嘛……」

如此說道的海紅著臉低下頭，依然握住坐在身旁的我的手，說什麼也不肯放。

「直到昨天都很有精神，早上起來就發高燒，說話有氣無力，見面看起來也很難受……難得，這個，我們成了……男、男女朋友，不禁覺得如果就此變得見不到面怎麼辦。」

「海……」

海對外顯得很可靠，其實比誰都要膽小，都愛操心，所以看到我難受喘氣的模樣，不由得把事情想得太嚴重了。

「對不起喔，海。明明沒什麼大不了，卻讓妳擔心了。」

「……真樹笨蛋。下次再自己亂生病，我一定、一定不會原諒你。」

「生病都是這麼突然吧……」

話說回來，往後必須更加避免太過操勞，這不是為了誰，而是自己得好好照顧自己。

因為我希望海隨時都能安心在我身旁歡笑。

之後海也一下子「來，喝水，要好好攝取水分」一下子「有沒有流汗？我幫你擦」照顧得無微不至，連駕駛座上的空伯母都不由得苦笑，一路開回朝凪家。

聽說陸哥還是一樣待在家裡，不過大地伯父因為工作，年底年初這陣子不會回家。

「海，我現在要去採買，真樹同學就麻煩妳嘍。客房的和室裡有給客人用的棉被，妳就讓他躺在那裡……不可以帶進妳的房間喔？」

「真是的，我才不會呢。真樹，別管媽媽說什麼，來，進來進來。」

「啊，好的，打擾……不對。」

「嗯？什麼？怎麼了？」

「不，我才想問怎麼了。」

回程的景色和去程完全不一樣，覺得奇怪的我下車一看，發現這裡不是自家門前，而是朝凪家的門口。

我一直以為是要先送海回朝凪家，然後才載我回家……但是空伯母立刻獨自外出採買，只留下我和海兩個人。

「那個，海。」

「什麼事？」

「我接下來必須靜養幾天才行。」

「嗯，是啊。要好好吃飯，也要吃藥，做好保暖，好好睡個夠。」

「所以我得回家了。」

「不行。」

「為什麼？」

拜訪朝凪家是無所謂，但是我現在感冒了，總覺得不是作客的時候。

「……我說啊，看樣子該不會是要我待在朝凪家直到病好為止吧？」

「我們有好好徵求真咲伯母的同意喔？雖然是我們提議這麼做的。」

「根本沒有經過我的同意啊……」

我暫且走到一旁與媽媽聯絡。平時打電話也經常沒發現，但是今天立刻接了電話。

『喂～真樹？你還好嗎？』

「不好——倒是關於外宿的事。」

『啊啊，這件事啊。我話先說在前面，起初我也委婉拒絕嘍？我說雖然工作忙碌，但是還能照顧孩子……雖然結果還是輸給了小海的說詞。』

「這樣啊。海是怎麼說的？」

『不能告訴你……不過我想到至少比起工作累癱的我，由做事牢靠的小海來照顧，對真樹來說也比較安全也比較放心吧。啊，還是你想讓媽媽照顧？要久違地跟媽媽撒嬌也完全沒問題喔？』

「這……絕對不要。」

『哎呀，真可惜。』

我不由得想起媽媽疼愛我的模樣，感受到難以言喻的寒氣。

先不說對海撒嬌，上了高中還找媽媽撒嬌，我的心理還是會有所抗拒。

『總之我有空也會去看你，你就不要逞強，乖乖在小海家裡接受人家的照顧吧。之後的事我會跟空太太溝通。』

「既然這樣……好吧，我知道了。」

「呵呵，謝謝……對不起喔，真樹，有這樣的媽媽。』

「沒什麼啦。那我掛電話了。」

『哎呀，好冷淡。』

既然事情已經談完，於是我匆匆掛掉電話，走向海的身邊。

「歡迎回來。那麼走吧。」

「嗯……抱歉，我們母子倆給你們添麻煩了。」

「真是的，又是一臉過意不去的表情。的確要照料真樹的生活起居是很費事，可是如果就這樣放著你一個人，我會更加擔心。姑且問一下，你現在這種身體狀況能做飯嗎？洗衣服呢？打掃呢？能準備泡澡嗎？」

「這……是有困難。」

即使洗衣和打掃可以讓媽媽晚點再做，不過問題還是在於吃飯。

所謂的靜養並非只是躺在床上，也包括即使吃得少也要好好攝取營養，以及維持不至於有礙健康的生活作息，所以依照我現在的生活環境與健康狀態來看，確實有相當的困難。

關於這點已經再明白不過，所以空伯母與海才會做出這樣的結論，認為在朝凪家看護我比較好吧。

「真樹應該是在擔心又給我們添麻煩，可是我們都帶你去醫院了，那就讓我們好好照顧到病好吧。不管對我來說，還是對媽媽來說，真樹都已經不再只是『認識的人』了。」

「唔……」

被她這麼一說，我也難以反駁。

因為我曾在之前的餐會上訴說過煩惱，所以不只是海，包括大地伯父與空伯母他們，整個朝凪家都漸漸接納了我。早上才回家的那次，他們也確實追究我與海的任性，並且原諒我們，大地伯父甚至聆聽我在家庭方面的煩惱，給了我建議。

他們簡直把我當成一家人看待。

……然而，即使如此，要我依賴海與空伯母的體貼，還是會有些許的遲疑。

「真樹，你該不會還在想什麼麻煩的事吧？」

「……果然看得出來嗎？」

「那當然。畢竟我是真樹的女朋友……好啦，過來吧？」

如此說道的海不在意旁人目光，把我擁進懷裡。

就像那天晚上，安撫哭得像個孩子似的我那樣。

……海果然很狡猾。

既然被她這樣對待，我根本不會客氣或顧慮，轉眼間就會吐露真心話。

「我才不是那麼了不起的人。直到上了高中都還很窩囊，因為一點小事就會生病，老是給人添麻煩。」

即使現在還好，也許有一天會受不了。

有人說我是懂得為他人著想的善良孩子。當然了，這也是我少數的優點之一，但那終究只是其中一面，背後潛藏著只是「不想被討厭」的想法。

「……不好意思。我似乎是因為身體不舒服，不由得變得容易負面思考。」

「呵呵，好像是呢。真樹你喔，真讓人拿你沒辦法。」

海嘴巴雖然這麼說，依然繼續輕輕摸我的頭。

不想被討厭，但是想撒嬌。想撒嬌，但是不想被討厭。海的舉動，就像是全盤接受我這些麻煩的情緒。

「總而言之，現在你就好好讓我們看護，好好攝取營養和睡覺。等精神和身體都穩定下來，到時候我會再一一聽你說的。」

「……嗯，謝謝妳，海。那麼這幾天打擾了。」

「好的。歡迎你來，真樹。」

就這樣，我決定暫且將一切都交給海，在作為客房的和室裡軟綿綿的被窩裡躺下，接受海與空伯母的看護。

我在朝凪家的養病生活就此開始。

我要在朝凪家叨擾到病情相對穩定為止，關於這點還沒關係，但我有幾件掛心的事。

首先是換洗衣物。根據醫院的醫師所說，要等完全退燒多半需要兩、三天，所以這段期間我會待在這裡接受看病。

這樣一來，當然不能一直穿現在的睡衣度日。現在已經流了相當多的汗，很不舒服，如果情況允許，我想立刻換上別的衣服，但是我只穿著這套衣服就被帶去醫院，所以現狀就是只能忍耐。

晚點再請空伯母或海幫我回去拿，雖然也有這個選項，然而……感覺太過粗枝大葉，但又不能請她們特地幫我買新的——

我正想著這種事時，海從和室紙門後方探出頭來。

「真樹，換洗的內衣褲和居家服幫你拿過來了，所以在媽媽回來前，至少把衣服換一換吧。差不多要吃午飯了，你吃得下嗎？」

「沒什麼食欲……倒是妳拿來的換洗衣物是誰的？」

「嗯？啊，這是老哥的。他雖然長得高但是很瘦，所以尺寸意外地小。當然我有好好清潔，你可以放心。」

「陸哥的……總之謝了，海。」

我接過來檢查尺寸，發現陸哥平常似乎是穿L號，既然這樣應該沒問題。我平常是穿M

號，所以內衣褲可能會有點鬆，不過我只是躺在被窩裡，所以光是能穿得整潔，就已經夠感恩的了。

「真樹，無力的情形還好嗎？如果不方便換衣服，我來幫你吧？」

「這、這個我可以自己來啦。」

「……下半身也是？」

「下半身也是！話說下半身更應該自己換。」

「真的～？嘻嘻，開玩笑的啦開玩笑。對不起喔。那麼我去準備冰枕那些東西，你就趁現在趕快換一換吧。」

大概是我待在視野所及的範圍讓她放心了些，只見海一如往常地露出惡作劇的笑容，慢慢拉上紙門。

真是的，雖說不是什麼重病，竟然開病人的玩笑……雖然我也不討厭被海這樣鬧，或者該說挺喜歡的就是了。

我一邊感謝提供換洗衣物的陸哥，一邊趁海回來之前趕快換好衣服，之後便乖乖躺到被窩裡。

以前根本想像不到自己會睡在別人家裡，然而不可思議的是待在朝凪家就很鎮定。

……是因為有海的氣味嗎？

「久等了……喔，乖乖躺下啦。有好好按照吩咐做，很棒。摸摸頭當獎賞。」

「唔……真是的，一抓住機會就把我當小孩子看待。」

「雖然真樹這麼說，可是你確實還是小孩啊。雖然我也是啦……來，我要放枕頭，頭抬起來。」

下面墊著冰枕，額頭放上擰乾冷水的毛巾，從體外冷卻因發燒而昏沉的腦袋。多虧在醫院接受治療，全身乏力和惡寒等症狀幾乎都已消退，不過體溫仍然很高。

「我就在隔壁客廳，有什麼狀況，或是要我做什麼就叫我吧。像是要上廁所還是要換衣服，什麼都行。」

「嗯。謝了，海。」

「不客氣。水放在這邊……晚安，真樹。」

海憐惜地摸摸我的臉頰後，慢慢站身走出房間。

「晚安，海。」

我聽著隔壁傳來的些微電視聲響等環境音，慢慢閉上眼睛。

以前就算生病也是自己一個人，所以像這樣發高燒昏睡時，有些不經意的瞬間會覺得不安，或是對安靜的環境感到抗拒而浮躁。但是知道海待在身旁讓我變得很放心。

「……總之先睡再說吧。」

要如何感謝與回報對海、空伯母，以及提供換洗衣物的陸哥這些事可以之後再想，現在該做的就是致力恢復健康。

然後又可以和海兩個人在我家慵懶玩耍。

「……嘶，呼。」

我慢慢呼吸，漸漸沉澱意識。由於還在發燒，呼吸也很粗重，但是只要在醫院拿的藥漸漸生效，相信也會慢慢穩定下來。

然而就在快要睡著時，忽然聽見咚的一聲輕響。

「嗯……？」

與先前的環境音不同的聲響讓我突然有了反應，迷迷糊糊睜開眼睛。

我把頭緩緩轉向聲音傳來的方向，發現微微拉開的紙門縫隙，有著以擔心的表情窺探我的可愛女友。

「海……？」

「啊！抱、抱歉。我擔心你有沒有好好睡……」

「這樣啊。我沒事，海也放輕鬆。」

「嗯、嗯。那就這樣。」

海尷尬地笑了一下，回到原來的地方，但考慮到海愛操心又怕寂寞的個性，我隱約覺得她會再次窺看我的情形。

所以在紙門關上後，我試著就這麼盯著看。

過了大約五分鐘，海又慢慢探出頭來。

「「…………」」

彼此的視線對個正著，無言的空氣流過。

「……呃～」

「海，我說啊。」

「誰、誰叫我就是擔心真樹，有什麼辦法嘛！」

如此說道的海放棄抵抗，把用來擦汗的毛巾和運動飲料等東西抱在脅下進入房間。

我覺得不需要為我做到這個地步，不過看來她一心想全程陪在旁邊看護。

「我就是不想放著你不管嘛……真樹這麼難受，我沒辦法一個人悠悠哉哉。」

「可是，感冒，說不定會傳染給妳。」

「是這樣沒錯……即使如此，不待在身邊就是會覺得心浮氣躁……」

她非常任性，但我對這一切都覺得可愛，實在很難拒絕。

「知道了。畢竟我要在這裡承蒙你們照顧一陣子，就不可能完全避免這種情形……既然這樣，就讓海好好照顧我吧。」

「嗯，這樣比較好。真樹應該也覺得有我陪在身邊比較開心，也會比較有精神，一定會更快痊癒。」

「這很難說吧……不過俗話說病由心生，搞不好真的是這樣。」

醫師診斷時也說過壓力是原因之一，既然這樣，我想應該也可以好好向海撒嬌，讓她療癒我吧。

……我對海真是百依百順。

「呵呵，真樹總算也能夠理解……開玩笑的，謝謝你，真樹。答應我的任性要求。」

「沒有這種事。反而是妳為了我做到這個地步，我才想跟妳道謝。而且坦白說，我本來真的有點無助。」

「那麼為了怕寂寞的真樹同學，今天就盡可能陪著你吧。」

「嗯，拜託妳了。」

「嘻嘻。那就先來牽手吧？讓你睡覺的時候也不寂寞。」

「……就這麼做吧。」

我與海相互撒嬌，十指交握。

「真樹，你還在發燒呢。」

「嗯。所以我想要海的手幫我降溫。」

「真樹好愛撒嬌喔。」

「哎……我想如果只在海面前這樣，大概可以吧。」

「是啊。可以喔，現在你就儘管撒嬌。真樹待在這裡的時候，我會把你寵個夠。」

海依偎著在我身旁坐下，握住我的手，還用另一隻手輕輕撫摸我的臉頰。

搞不好我非常喜歡這種感覺。

「……那麼海，晚安。」

「嗯，這次真的晚安。」

我感受海留在我手上的體溫，完全放下心來，睡得十分香甜。

因為海一直陪在身旁，我並未被發燒所苦，就這麼睡到傍晚，途中一次都不曾醒來，就這麼迎來夜晚。

「……好冰。」

伸手去拿放在額頭上的毛巾，發現似乎才剛換過，濕毛巾還很冰。

我在昏暗的房間裡慢慢坐起身來。意識比剛才入睡時清楚許多，可能是因為體溫稍微降低了吧。

看了一下放在枕邊的手機，時間是晚上九點。記得他們讓我睡在這裡時是早上十一點，算來睡了十個小時左右。

看來我真的睡得很熟。

「——啊，真樹，你醒啦？對不起喔，我剛剛去泡過澡，所以稍微離開房間。」

穿著保暖衣的海從開著的紙門溜了進來。她似乎剛洗完澡，頭髮還有點濕。

剛洗好的頭髮飄來洗髮精的香氣，讓我暗自有些怦然心動。

「這樣啊……咦，該不會在我大睡特睡的時候也一直陪在旁邊吧？」

「嗯。雖然途中不時會離開去吃飯、上洗手間，不過基本上就和真樹睡著前一樣吧。」

如此說道的海靠近我的身邊，用力握緊我的手，把另一隻手輕輕貼上我的額頭，確認我的體溫。同時也用體溫計檢查正確的數值。

「……好，比白天降溫很多了。真樹肚子餓不餓？雖然已經有點晚了，還是得吃點東西才行。吃粥可以嗎？」

「嗯。那我應該吃得下……呃，該不會是由海來煮吧？」

「那當然……等等，你這是什麼表情？你有什麼意見嗎？嗯？」

「不，海願意煮給我吃，我當然很高興……可是那個，海似乎不太擅長烹飪。」

雖然不曾親眼見證，但是聽說如果放任不管，她就會從巧克力餅乾的材料當中煉製出木炭（來自天海同學的情報），所以雖說只用了米與水，材料很單純，還是不能過度大意。

「別擔心，煮法我有請媽媽好好教我，而且如果覺得有危險，我會老實找媽媽幫忙。我也不希望為了滿足我奇怪的自尊心，搞得真樹無所適從。」

「是、是嗎？那就好。」

既然會好好遵守空伯母的教導，即使由海來做也不會有太大的問題……但如果從頭到尾都由她一個人做，那麼也許還是先做好多少有點「鍋巴」的覺悟。

至少難得有機會吃到女友親手做的菜，我沒有不吃這個選項。

就是這樣，在海幫忙準備晚了一點的晚餐時，我先去上個洗手間。今天姑且不洗澡，只換衣服，但是明天以後就要用毛巾擦拭，如果身體恢復狀況更佳，也許可以在浴缸泡澡。

女友家的浴缸……我究竟有沒有辦法悠哉泡澡呢？

「……不過這種事之後再來思考吧。現在先上廁所……」

我一邊忍著湧現的尿意，出了客廳立刻伸手去握廁所門把的瞬間，門自己打開了。

應該說裡頭有人。

「──啊。」

「喔……」

不巧（不對，是很巧？）剛好遇見陸哥。今天他和以前第一次見面時不一樣，好好穿著居家服，不過亂糟糟的長髮還是一樣。

看似冷漠，其實體貼這點也一樣。

「啊，陸哥，你好……」

「喔、喔。對了，情形我聽媽媽說了……你在各方面也真慘啊。」

「不，在這之前，這個，不好意思讓你們擔心了。」

「不，我是還好……倒是你要上廁所吧？」

「啊，是的。對不起。」

彼此交換了幾句笨拙的對話，我對陸哥鞠個躬便進入廁所。

我會待在這裡一陣子，所以會不會造成陸哥的困擾也是我擔心的點之一……雖然他本人那樣說，不過想必還是讓他多費心了，所以得注意別製造太多困擾才行。

——啊，老哥，我正在下廚所以不要靠近，我會分心。

——真是的，我只是來拿飲料……啊！笨蛋，不要揮杓子……揮到我手上了啦。

——你們兩個，不要吵。

「……還是一樣熱鬧啊。」

聽著客廳傳來親子三人的對話，讓我獨自嘻嘻笑了幾聲。

心想但願有朝一日，我也能自然融入那個圈子裡。

等他們三個人吵吵鬧鬧的聲音告一段落，確定聽到陸哥一邊唸唸有詞抱怨妹妹一邊走回房間的腳步聲後，我這才悄悄回到客廳，等待海把她親手做的料理端上來。

雖說是簡單的餐點，我還是擔心煮得如何，不過從客廳飄來的氣味裡沒任何不對勁，看樣子應該可以放心。

「——久等了，真樹。我煮好了。」

「謝謝妳，海。這是梅子粥嗎？」

「嗯。我想白粥會不會太沒味道，所以最後試著加進去看看。我多煮了一些，所以我們一起吃吧。」

單人小砂鍋裡裝著濃稠的粥，正中央擺著紅色梅乾……滋味如何要等吃了才知道，不過看上去滿好吃的。

「真樹，來。」

我雖然想過多半會是這樣，但海用小湯匙舀起粥，往我的嘴邊送過來。

「我說，海同學——」

「啊，抱歉，我還沒吹涼。呼，呼……來，請用。」

「不，我不是說這個。」

「來。」

「……唔。」

海笑眯眯地對我施加「讓我餵你吃」的壓力，空伯母則是從遠處看著我們的互動。

這麼無微不至讓我既惶恐又難為情，但是我也無法反抗現在的兩人，所以乖乖照辦。

「啊……唔。」

「好，真樹好棒。會不會燙？舌頭不要緊吧？」

「嗯……啊，這個好吃。」

我最擔心的味道部分沒什麼好挑剔的，就是好吃。有淡淡鹹味的粥，和梅乾溫和的酸味融合得很完美，滿嘴都是這股滋味。

今天從早上起就幾乎只喝了飲料，所以肚子有點餓，感覺飢餓似乎也成了調味料。即使不考慮這點，我想這個味道也很讓我滿意。

雖然量有點多，這下子多半可以輕鬆吃完。

「是嗎？嘻嘻，太好了。不過有媽媽全程陪同，實在不能說是我一個人煮的。」

「不過海也是從頭努力到最後吧？既然這樣，就是海親手做的料理。」

「這樣啊。說得也是……要再來一口嗎？」

「嗯，拜託妳了。」

「嗯，請用。」

然後我們花了很多時間，讓海慢慢餵我吃粥。

只是因為發高燒導致腸胃有點虛弱，稍微剩下一些，但以第一天來說，能吃這麼多已經很夠了吧。

……當然了，明天以後不用她餵。

用完餐後乖乖吃了醫院給的藥，我要一覺睡到早上，致力於調養身體。生病時最重要的就是躺下來，不做多餘的事。

「嗯，喲咻……喲咻。嗯，這樣就好了。」

「海，妳在做什麼？」

「嗯～？有點事～」

飯後到睡前的這段時間，我傻傻看著和室天花板，海則在櫃子裡翻找東西。

我觀察了一會兒，看到她拿出墊被、羽絨被與枕頭，確實完成一人份的被窩。

「……該不會海也要睡在這裡吧？」

「嗯。我答應你今天要一直陪在你身邊，既然這樣當然也包括一起睡吧？啊，媽媽也說：『今天特別破例。』」

也就是說接下來不管我說什麼，海都絕對不會退讓。而且她馬上鑽進被窩裡，所以憑我現在的身體狀況，也奈何不了活力充沛的海。

不怎麼大的客房裡，剛好放得下兩人份的被窩。

「真樹，我要關燈嘍。」

「嗯，晚安。」

「晚安。」

海用遙控器關燈，室內變得伸手不見五指。空伯母也已經回到二樓的寢室，所以現在只有我和海兩個人待在一樓。

這樣就是第二次和海一起睡，但無論上次還是今天，為什麼都是這種身心至少有一邊出問題的時候呢？

不過如果我很健康，那麼我們要像這樣一起睡的這件事，就會遭到空伯母駁回吧。

憑我現在的身體狀況，睡前無論是想聊天還是玩鬧，都有點困難。

「…………」

都說了晚安，我便乖乖閉上眼睛。但也因為之前睡了很久，整個人還很清醒，完全不睏。平常遇到這種情形我會先起床，在下一波睡意來臨前看看書，或是收聽深夜廣播，但是海就睡在身旁，所以不能這麼做。

我在意海的情形，於是悄悄翻身過去。

我知道直到不久之前，她還在為了找出最好的位置，在被窩裡動來動去，但不知道是否已經睡著，現在只能聽見規律的呼吸聲。

稍微睜開眼睛一看，只看見海面對著我閉上眼睛的睡臉。

再次覺得她的睡臉果然也很可愛。平常那種邋遢地嘴角流口水的表情固然很棒，但是像現在這種平靜的睡臉，讓我再次體認到海的容貌有多出眾。

「……海。」

我用小得多半誰也聽不見的音量，喃喃呼喚情人的名字。

我的身體不怎麼健康，在繁忙的年末時節給她添麻煩了，但是她比任何人都擔心我，重視我。

「海……我喜歡妳。」

我悄悄地坦白說出心意。能交到像海這麼可愛的女朋友，直到現在還是難以置信，更不敢相信我竟然能毫不遲疑地說出這種難為情的話語。

以往一直獨自一人，把自己關在殼裡避免和人交流的人，竟然只因為認識一個女生，心境就有了這麼正向的改變。

……戀愛真的是讓人不知道會發生什麼事。當然了，也有一部分比我想像中更單純。

我試著慢慢朝海漂亮的睡臉伸手。

沒有碰到海。

並非有什麼邪念，但還是想儘量傳達我的心意。

然而就在指尖快要碰到臉頰的時候，慢慢把手縮回自己的被窩裡。

「……還是明天再說吧。」

即使我突然觸摸，海多半也不會生氣，但是她睡得正香甜，要是吵醒她也會不好意思。

尤其我從一大早就一直讓海操心，所以至少得讓她好好睡覺才行。

找海撒嬌就等明天再說，我也趕快睡覺吧——我維持看著可愛女友的睡臉的姿勢，正打算慢慢閉上眼睛。

「——不摸也沒關係嗎？」

「咦？」

這個瞬間，直到剛才應該已經入睡的海睜大眼睛。

坦白說，我有點嚇一跳。

「海，這個，妳該不會一直醒著吧？」

「……呵呵。」

看來是這樣。這也表示她是在裝睡……也就是說。

我想摸海的臉頰，以及剛才令人難為情的台詞都被她聽見了……感覺是，又好像不是。

「真樹～」

「……什麼事？」

「剛剛那句話，好想聽你再說一次喔～？」

「嗚……」

確定那句話被聽得清清楚楚，讓我的臉頰頓時變得火熱。

就算我牽強辯解是發燒導致的，但照海的個性，肯定不會當成沒發生過。

我喜歡海是真的，想要多多對她撒嬌也是事實，然而這一切還是讓我非常難為情。

「有什麼關係嘛。只要你像剛剛那樣悄悄對我說，不管媽媽還是老哥都不會知道。」

「話是這麼說沒錯。」

「對吧？所以求求你。只要你肯說，我的臉就隨便你摸。」

「不，剛剛那個該怎麼說，是深夜的情緒讓我有那樣的心情，可是現在已經——」

「對吧？所以求求你。只要你肯說，我的臉就隨便你摸。」

「妳是故障的喇叭嗎？」

我心血來潮脫口而出的話語，海似乎非常受用，頻頻央求我再說一次。

既然她都這樣拜託了，我覺得多少可以照辦……但我明明是病人，大半夜的——不，應該說我和海到底在做什麼。

直到剛才都是稍微活動身體都很辛苦的狀態，只有這種與海玩鬧的時候，才會熱中得忘掉其他事。

搞不好我與海都相當喜歡彼此。

旁人說我們是笨蛋情侶，原來是這麼回事嗎？

「……那麼如果我說了，妳會乖乖睡覺嗎？」

「嗯，會的會的。然後明天也會活力充沛地好好照顧真樹。」

「真拿妳沒辦法……」

我把身體靠向一直催促我的海，輕碰海的臉頰。

我的身體還在發燙，海的體溫讓我覺得很舒服。

「真樹，你還有點發燒呢。」

「嗯。所以真不好意思，還要多麻煩妳一陣子。」

「嗯，好啊。不管吃飯還是洗澡，全都包在我身上吧。」

「呃……洗澡就不用了。」

「咦～」

「咦～什麼啊。」

我很想就這麼聊到天亮，但要是再不睡覺，多半會影響到明天的狀況，所以決定挑個合適的時機結束話題，將快要離題的對話拉回正題。

為了只讓海聽見，我把身體靠得更近，和先前一樣，不感到難為情，率真地將感情化為話語傳達出去。

「——海，我喜歡妳。」

「……我也好喜歡真樹。」

「「——晚安。」」

於是我們用手和臉頰感受彼此的存在，抱持平靜的心情結束二十五日的聖誕節夜晚。

在朝凪家的療養生活第二天。

我茫然地睜開眼睛一看，海的臉近在眼前。

「啊，醒了。」

「嗯……早啊，海。」

「早啊，真樹。你的臉色比昨天好多了。照這樣看來，藥好像挺有效的。」

海摸了我的臉頰與額頭，放心似的點了點頭。不過還是為了確認量一下體溫，發現現在是三十八度。儘管臉還在發熱，身體依然感到乏力，但是至少活動身體這點似乎沒問題。

「海，妳該不會一直等到我醒來吧？」

「算吧……啊，可是只要發呆看著真樹可愛的睡臉，一下子就過去了，而且也就一小時左右。」

「一小時……」

我感覺時間過了挺久的，不過現在只是早上八點，所以對海而言，是否就和稍微睡個回籠覺差不多呢？

換做是平常，睡上一小時的回籠覺肯定會遲到，但既然是寒假，就算一直發呆到傍晚也沒有任何問題。

我也是一樣，現在覺得只要能夠悠悠哉哉就好。

「我說啊，海。」

「嗯～？什麼事啊？」

「那個，可以再……握手一下子嗎？」

「……呵呵，可以啊。」

我在睡覺時也一直握著的手用了點力，海便一臉開心的表情用力回握。

晚上睡前有海陪伴，像這樣迎來早晨時，她也在眼前等我醒來。

雖然身體依然不舒服，但我有點想再這樣待一會兒。

之後我與海牽著手躺了三十分鐘左右，心滿意足了才前往客廳吃空伯母準備的早餐。

我因為感冒的關係，腸胃狀況不是很好，所以和昨天一樣吃粥，但是聞到烤得微焦的吐司傳來奶油的香氣，以及看到擺在餐桌上的水果後，肚子就咕咕叫了起來，所以食欲也在逐漸恢復。

我吃了粥與少量容易消化的水果，再度回到自己的被窩裡好好休養。

雖說回到暫時只能發呆看著房間天花板與燈的時間，但是今天海也一直在身旁陪著我，所以應該不會覺得無聊。

正當我如此心想時，剛才為了換居家服而回房間的海探出頭來。

……還以非常過意不去的表情看著我。

「我說啊……真樹，真的，很抱歉。」

「怎麼了？以居家服來說還真時尚……」

「嗯……這個。」

以換居家服來說花了不少時間，而且穿上的衣服也非常惹人憐愛。然而理由就在海拿給我看的手機螢幕所顯示的訊息。

『（天海）　海，今天就依照計畫，十一點前在站前集合喔。由於新奈仔家裡的關係，這是今年最後一次三個人一起出去玩。我們去買買東西，吃好吃的東西，玩個盡興吧！』

「啊啊，原來如此……那就沒辦法了。」

看見她穿得這麼漂亮時我就已經猜到了，看來海今天已經和天海同學她們事先約好了。無論我還是海，都因為彼此心意相通不由得沖昏頭了。考慮到現實狀況，不可能像這樣每天約好見面。

畢竟要過上良好的生活，朋友關係也是必須珍惜的事物之一。

「不必在意我，別擔心，儘管去吧。畢竟妳們之前就約好了，放她們鴿子也不好。」

「嗯。所以我也想盡可能陪陪夕，可是……」

「可是還是會在意我，之類的？」

「……嗯。」

海點了點頭。

「你的身體似乎比昨天好，這方面我當然不擔心喔？可是我強迫你在我們家過夜，要你睡覺靜養，卻丟下你自己和朋友出去玩……這樣還是會讓我有點過意不去。」

本來應該是感冒倒下的我不好，平白讓她多操心了，但海似乎很在意她半是強迫地讓我在她家過夜這件事。

的確，如果把我當成朝凪家的「客人」看待，那她確實是丟下我出去做別的事，所以這樣一想，就覺得能夠理解海有所遲疑的理由。

「別擔心，光是昨天一直照顧我就已經夠讓我感謝了，我不能再獨占海啊……雖然如果可以，這個，我們畢竟才剛成為男女朋友，我也不是沒有這種想法，而且坦白說，一想到今天也可以一直跟海一起，我就高興得不得了。可是我還是不希望因為我的任性，讓海不遵守約定。」

只要我拜託，想必海肯定願意立刻聯絡她們，跟她們說明事情原委取消約定。而且只要說明情形，天海同學和新田同學也會諒解……應該說天海同學甚至會說出「妳一定要以他為優先」這種話。

可是話雖如此，天海同學應該也很期待能和她最喜歡的好朋友海一起玩個盡興。哪怕有理由，想必還是會非常遺憾。

我多半還會在朝凪家住上一兩天，即使白天不在一起，等到傍晚海回家之後，便又可以在一起。晚餐、夜晚，還有睡前……照海的作風，今天晚上多半又會找理由把被窩鋪在我身旁一起睡。因此多得是可以獨處的時間。

可是天海同學和新田同學不是這樣。關於她們兩人家裡的情形，我不知道的事還比較多，但她們同樣有門禁，也有雙親與其他家人等著她們回去。多半還有全家一起出門等排不開的事情吧。

能和朋友見面的時間意外得少——正因為如此，我才會覺得只要行程能夠配合，希望她們能夠珍惜這樣的機會。

無論是對海，還是對天海同學與新田同學。

「所以海就去玩個痛快吧。然後等妳回家之後，在方便說的範圍就好，我想聽妳說說今天的情形。」

「……嗯，知道了。既然真樹這麼說，我就久違地去盡情玩個痛快。還有聖誕夜的事我也想好好說清楚，跟她們道謝。」

這麼說也是。

如果前天平常一起行動的五個人依照約定在我家開派對，那天晚上我們多半就會在意大家，不會形成甜蜜的氣氛，至於表白以及表白後的吻，也有可能會拖到明年。

雖然在天海同學他們心中，我們已經被認定為笨蛋情侶，但是我們在聖誕夜那天晚上正式開始交往，所以得儘快向他們報告，並答謝他們的體貼才行。

「那麼看時間差不多該出門了，我就出發了。真樹，不可以因為我不在，就只顧著玩遊戲喔。」

「妳是我媽嗎啊……嗯，我會按照海的吩咐，在妳回家前都乖乖睡覺的。」

「也不可以上廁所喔？」

「這是哪門子的處罰啊。」

「嘻嘻。啊，如果身體不舒服，或發高燒很難受，別客氣儘管聯絡我。我馬上回來。」

「了解。那麼慢走。」

「嗯，我出門了。」

海似乎是因為出門前能稍微跟我說笑而感到滿足，踩著輕快的腳步前往和天海同學她們約好的地方。

我目送海離開，等再也聽不見她的腳步聲後，慢慢鑽進被窩裡。

我睡的被窩感覺相當舒服。根據海的說法，這個最近沒有機會出場，一直放在櫃子裡。但是無論墊被還是羽絨被摸起來都很鬆軟，簡直像是剛曬過。

多半是空伯母會定期保養，隨時維持乾淨好讓客人使用吧。和前原家鋪了之後萬年不收的床大不相同。

我暗自下定決心，等到回家之後就要久違地挖出沉睡在衣櫥裡的棉被乾燥機，接著聽到兩聲輕敲和室紙門的聲響。

「——真樹同學，我想打掃和室，現在方便嗎？」

「空伯母……啊，好的，請別客氣。」

「呵呵，那就失禮了。」

空伯母先是等我回應，這才靜靜走進室內。她圍著圍裙戴著口罩，還套上橡膠手套，拿著窗戶清潔劑……看起來全副武裝，不過這才讓我回想起來，現在正是大掃除的時期。

我偏偏在這個時候占用和室，讓我感到更加過意不去。

她為了換氣而開窗，用吸塵器吸過榻榻米，仔細擦拭和室的擺設，以及一旁小小的對開式木櫃（多半是佛壇）。

「……真樹同學，真的很謝謝你喔。」

「咦？」

「是指女兒的事。因為真的很久沒看見女兒那樣充滿情緒的表情了。」

空伯母一邊用清潔劑擦拭能看見庭院的大窗戶，一邊對我喃喃說起。

她背對我，所以我無法得知她的表情。但是擦得像鏡子一樣亮晶晶的透明玻璃窗上，映出了空伯母開心的表情。

「那孩子啊，小時候還挺頑皮的。會拖著朋友玩到深夜，因此被我或爸爸罵得大哭，還常和大了她足足十歲的哥哥吵架……雖然很讓人頭疼，不過還是很開心。啊，你知道嗎？雖然現在幾乎完全看不出來，但是她的額頭髮際有道有點大的傷痕。那是她小時候用力撞到桌角，當場噴血了。那時候真的差點被她嚇死。」

「哈哈……原來海也有這樣的時代啊。」

「就是啊……呃，對不起喔。你非得躺著不可，伯母卻跟你說這麼多話。」

「不會，比起單純躺著，像這樣聽空伯母說話開心多了。」

不管怎麼說，如果根據她的說法，海可以說是相當頑皮。

至於當時的我，根據我的記憶，都在玩遊戲、看書，有時玩玩卡片，當時就已經開始顯露室內派的跡象。

這麼說來，我和海從小就是兩個極端……至於國中時代的情形，就如同以前海所說的，到了現在則是活力充沛地跟我成為笨蛋情侶。

「海說起你的時候真的好可愛。光是在我們家稍稍提到就會露出開心的表情，而且如果拿你們感情好這件事虧她幾句，又會滿臉通紅地生氣，卻又露出滿開心的表情……這讓我覺得，啊啊，海果然一直都是海。」

雖然在學校裡幾乎不展露這一面，但是本來的海是個表情與感情都很豐富的女生。

即使平常擺出成熟的態度，但是對於知心的人就會耍任性，寂寞時也會澈底對喜歡的人撒嬌。是個獨占欲很強，愛吃醋，其實比誰都要可愛的女孩子。

這就是朝凪海這個女生。

「所以啊，真樹同學。雖然這是非常任性的請求，但我希望你以後也繼續支持海。她不管什麼事情都做得很好，相對的遇到問題就會一個人無謂操心或煩惱。」

海看似堅強，其實意外脆弱，但是只要有人在身邊好好支持她，就會將支持化為支柱，變得比任何人都堅強。

現階段海當成支柱依賴的，只有我這個男朋友一個人。

「好的，那是當然。雖然我跟她無論當朋友還是男女朋友，時間都還不長，然而就算是這樣，這個，我自認為海著想的心意不輸任何人。」

「你的意思是勝過我們嗎？」

「呃……對不起，這可能不免稍微比不上。我說得太起勁，有點誇大其詞。」

雖然也許比不上親子之情，但是作為朋友，作為情人，我自認不輸給任何人。

哪怕是和她的好朋友天海同學相比。

「呵呵，說得帥氣一點又沒關係，真樹同學在奇怪的地方真老實呢。不過也正是因為這樣，無論海還是我們一家人，才會沒辦法放著你不管。」

「果然空伯母也是這麼想嗎？」

「是吧。你心地善良又率真，就是有些地方讓人放不下心，讓我們覺得必須照顧你才行。上次是這樣，現在更是這樣。」

「……我在反省了。」

尤其對於朝凪家的人來說，上次餐會我給他們添了很大的麻煩，所以我要支持海，精神方面也得變得更堅強才行。

……還有，身體方面當然也是。不管肚子還是手臂，哪裡都是軟趴趴的。我雖然不算胖，但是體格實在太弱了。

「眼前先從治好這場感冒開始吧。」

「就是這麼回事。好了，不用再陪伯母閒聊，你就好好接受照顧，趕快好起來吧。等你病好了之後，就去吃很多好吃的東西慶祝吧。這次可不要中途離席……對吧？」

「……是啊。」

不管是為了海，還是為了讓就近看著海的人們安心。

感冒的確很不走運，不過若是要讓我因為交到可愛得不得了的女朋友而浮躁的心繃緊一點，也許來得正好。

和室打掃完畢，換過新鮮的空氣之後，接著只剩做好保暖，躺在被窩裡。

根據剛才醫院發到空伯母手機的聯絡內容，我的驗血結果沒有什麼異常，沒有必要再去看診。也因為正值年底年初這個時節，院方多開了幾天的藥，所以在吃完藥之前，相信身體也應該恢復得差不多了。

午餐決定繼續是容易消化的食物，所以吃空伯母煮的烏龍麵。她不是用市售的高湯粉，而是按部就班熬出來的高湯，調味也是少鹽的清淡口味，對身體很好。

……該說守護朝凪家餐桌的主婦真不是蓋的嗎？我自己也會烹飪，所以這種地方很有參考價值。

「真樹同學，我拿來餐後甜點……啊，烏龍麵已經吃光啦？」

「是。滋味非常溫和，很好入口……謝謝招待。」

「見笑了。那麼果凍和飯後的藥先放在這裡，吃完放著就好——等等，哎呀？」

空伯母收走餐具，接著準備今天的換洗衣物與生活起居用品，結果似乎聽見什麼聲音，轉頭看向玄關，偏頭表示納悶。

「哎呀，那孩子明明說傍晚才會回來……」

「嗯？請問海回來了嗎？」

「似乎是這樣。還有似乎還帶了客人回來。」

「這……」

接著玄關傳來吵鬧的說話聲。

——我、我回來了。

——打擾了～哇～真的好久沒來海的家了～啊，對了，真樹同學待在哪個房間？該不會是在海的房間吧？

——咦？真的假的？才剛開始交往，就把男友帶進自己房間過夜，沒想到朝凪還挺肉食系的。

——才、才不是！我只是和媽媽一起在客房照料他！

聽聲音可以知道天海同學與新田同學似乎也跟她一起回來。

空伯母似乎很識趣，笑了一下便早一步離開房間。前腳剛走，要好女生三人組後腳就從另一個入口踏進來。

「嘻嘻～真樹同學，午安～聽說你感冒了，所以過來探望你嘍。來，這是補充水分的運動飲料，還有準備沒有食欲吃的凍飲，還有擦汗的紙巾。冰棒已經先放在冰箱裡，晚點一起吃吧？」

「真好笑，委員長真的一臉無力耶。看樣子明天大概會很憔悴吧？」

「即使這樣也已經比之前好多了……總之先說聲午安，天海同學、新田同學。」

「嗯，兩天沒見了。」

「嗨～」

姑且不論海的好朋友天海同學，聽起來新田同學也拜訪過朝凪家幾次，她把放在角落的桌子拉到我旁邊，開始把為了我準備的各種物資放到桌上。

至於身為東道主的海則在我身旁看著兩人嘆氣。

「海，那個，這是……」

「……到吃午飯為止，我們都很正常地在出遊的地方玩得很開心。可是到了下一站的KTV，我頻頻留意手機，才會被她們逼問。我一直在等昨天真樹驗血的結果，可是過了中午媽媽還是遲遲沒有聯絡，那個，我才會變得有點擔心。」

因此才讓兩人注意到海的情形有異，讓她招出我從昨天就接受朝凪家的照料，以及感冒發高燒昏睡等情形。

我與海正式成為正式的男女朋友，這件事則在之前就已經向她們報告。

「呵呵，我從早上見到時就覺得『海好像怪怪的？』結果海說她從昨天就一直陪在真樹同學身邊看護。海擔心寶貝男友的模樣真是有夠可愛～對吧，新奈仔？」

「就是啊。平常跟我們一起吃午餐時都是大吃特吃，唯獨今天一直沒什麼吃，而且還心不在焉。大概是覺得最～心愛的男生還在被窩裡很難受，不能只有自己大吃大喝吧？小海，再怎麼說也太有心了吧？」

「咕……妳們看準現在有媽媽和真樹看著就這樣……」

「好了好了，有什麼關係嘛海同學～啊，對了，難得他們兩個都在，我們就多問問聖誕夜那天晚上的事吧？」

「阿夕，說得好。剛才海一直害羞沒能問到的內幕，只要從委員長這個老實人嘴裡問出來就好……對吧，委員長。」

「……這個嘛，還請高抬貴手。」

她們會這麼興奮，也是因為祝福我們交往，所以我也不排斥與她們好好聊聊。不過我好歹是病人，希望能在不勉強的範圍內，而且針對發言內容逐一跟海確認再回答。

「海、小夕、小奈，聊天沒關係，但要儘量小聲一點喔。雖然我很喜歡熱鬧，但為了真樹同學著想，得保持安靜才行。」

「「好～」」

「……我知道啦。」

我請空伯母先叮嚀她們一聲，避免訪問過於劇烈，然後取得兩人的諒解才躺下來讓她們發問。

本以為白天是獨自一人，結果不知不覺間被窩旁邊圍繞著三個同班女生（其中一個是女友）。

「真樹，別管那兩個笨蛋，你儘管好好睡。」

「唔～海好過分～啊，真樹同學會不會口渴？你也知道補充水分很重要。順便問一下，你們昨天有沒有一起睡？」

「委員長，前天你是怎麼跟海表白的？話說你們做了嗎？」

……看來今後有必要一步步學會如何巧妙應付聚在一起的三個女生。

我一邊這麼如此心想，一邊逃也似的鑽進被窩裡。

我在朝凪家的療養生活，第一天與第二天過得無比忙亂，但是之後不再有客人，我得以跟海一起平靜度過。

症狀方面，第二天以後體溫時高時低的狀況持續了幾天，不過整體來說是在逐漸下降。

「海，怎麼樣？」

「嗯～……等一下喔～……」

早上幫我量體溫已經成了海每天的例行公事，不過看來終於可以在今天告一段落了。

多虧了海犧牲奉獻的照顧，我的身體已經完全恢復健康。

當然了，感冒傳染給海，換我照顧她……並未發生這種反過來的狀況。

「嗯，好。體溫和昨天晚上一樣正常。看樣子不用再吃藥了，太好了。」

剛感冒時我為將近四十度的高燒所苦，所幸除此之外幾乎沒有別的症狀，所以還不至於太難受。

只是真沒想到竟然會待在朝凪家，接受他們的照顧足足一個星期。

本日是十二月三十一日，一年的最後一天。

自從今年秋天和朝凪海這個女生成為朋友以來，時間轉眼間匆匆流逝的這一年，眼看就要結束。

「欸，真樹，這個，我有個請求，可以嗎？」

「嗯？沒問題啊，不過一大早的怎麼了嗎？」

「嗯，就是啊……」

如此說道的海靜靜閉上眼睛，噘起嘴唇。

我立刻理解海想要什麼。

這一週來無論我還是海都一直在忍耐，如此一來這件事也終於解禁了。

「那麼……呃，早啊，海。」

「嗯，早啊，真樹。」

一大早還顯得昏暗的房間裡，我將海擁進懷裡順勢吻了她。

自從我們成了男女朋友那天接吻以後，我們一直極力避免除了牽手以外的過度肌膚之親，但是現在也已經可以不必在意。

「……噗哈。」

「呼……」

我們為了換氣而稍微分開，等呼吸穩定之後又緊緊相擁，黏在一起。

因為我的健康管理太不到位迫使海一直忍耐，暫且保留的一週分打情罵俏，得在剩下的寒假裡全都補回來才行。

……下次要在我家。

我們當然會有所節制。

「——海，真樹同學，好了嗎？你們醒了嗎？現在要開始準備新年用的麻糬，過來幫忙一下。」

「啊，好～媽媽在叫了，我們也差不多該起床了。真樹會在我家待到新年參拜吧。」

「嗯。雖然得換便服所以必須回家一趟，今天也打算繼續叨擾。」

我向空伯母為至今的照顧致上謝意，並且承諾在新年假期會和母親一起過來拜年，然後與海一起擣麻糬。

我們負責在剛擣好的大塊麻糬撒上防止沾黏的手粉，分成適當的大小。

「擣麻糬機……看這色澤感覺挺舊的，應該很久了吧？」

「是啊。這是我和外子結婚時媽媽買給我的，所以算來已經將近三十年了吧。也差不多該買新的了，可是已經有感情了，實在捨不得丟。而且也還能用。」

機器發出轟隆轟隆的巨大聲響，將蒸熟的糯米漸漸變成形狀熟悉的物體。

「真樹，雖然這樣有點沒規矩，但是我們吃一點剛擣好的麻糬吧。有黃豆粉和醬油，你要哪個？」

「那就選普通的黃豆粉。」

我們三個人一邊將剛擣好的麻糬分成小塊，一邊各自拿了一塊一口吃下。

熱騰騰很能拉絲的麻糬搭配黃豆粉，再淋上甜甜的黑糖蜜，真的非常好吃。

「麻糬這種東西大概也只有這時會吃，可是我很期待每年的這個時候。該說是有種特別的感覺嗎？」

「我也覺得可以體會。前原家（我家）沒有機器也沒有時間，所以都是直接用超市買的切塊麻糬，雖然這樣也很好吃……不過該說還是少了點滋味嗎？」

味道方面無疑是工廠製作的產品比較好吃，但是親自動手做的「經驗」或「回憶」仍是至高無上的調味料。

第一次自己做的菜，和別人一起吃的回憶中的餐點……像這樣和海一起吃的麻糬滋味，我想以後也會牢牢刻劃在我的記憶之中。

「你們兩個稍微吃一點就好，麻煩你們繼續嘍。因為還得分給婆家還有鄰居，所以還有一份糯米還沒擣。」

「好好好。」

「我明白了。」

於是一年的最後一天就在白天擣麻糬，以及幫忙尚未完成的大掃除當中度過。途中我為了換衣服回家一趟，發現家裡比朝凪家亂得多而心驚膽顫，不過這件事就不多說了。

無論我還是媽媽，都覺得打掃只要做到最低限度就好，不過一年說不定還是澈底打掃一下比較好。畢竟整潔不是壞事，而且無論對我還是媽媽來說，應該也可以順便轉換心情。

「——三個人都辛苦了。多虧大家這麼努力，比平常更快打掃完畢。尤其是多虧了真樹同學在場，海顯得非常賣力。」

「這……我、我平常就是這樣！……真樹有什麼意見嗎？有想說的話我洗耳恭聽喔。」

「不，我沒有……」

關於這點我和海也是半斤八兩，所以無話可說。

我受他們照顧足足一週之久，由於想盡可能報答，所以努力幫忙空伯母整理家務，但我會這麼賣力，最喜歡的女朋友在看也是個很重要的理由。

「……啊，陸哥也辛苦了。」

「嗯……不過我幾乎只打掃了自己的房間，所以沒什麼。」

由於是大掃除，把自己關在房間裡的陸哥當然也被空伯母與海要求強制參加。

無論我還是陸哥基本上都很內向，因為個性的關係，打掃時不太會閒聊，但是我想一起打掃這件事應該沒有導致氣氛變差。

只是相對的，他與海比較像在互相發牢騷，所以真要說來，也許主要的互動方式是由我委婉地安撫海。

「好了，媽媽接下來得去拿預訂的蕎麥麵和壽司才行。陸，我不在的時候，他們兩個就交給你照顧了。」

「拜託我有什麼用……海，總之接下來交給妳。」

「別扔給妹妹……好吧，我們會安分地玩遊戲，你放心吧。倒是老哥，遊戲借我一下，你暫時別回家。」

「不要若無其事占領我的房間。還有不要為了借遊戲這點小事把老哥趕出家門。」

「真拿你們兩個沒辦法……真樹同學對不起喔，讓你見笑了。」

「哪裡，我也喜歡熱鬧，而且也已經習慣了。」

事情全部忙完之後，我們各自做自己的事打發時間。

邊看傍晚電視播映的有點年代的動作片邊聊天，或是久違地玩一下從陸哥房間裡借來的遊戲，還有看看漫畫。

……再來就是久違地在海的房間玩鬧。當然了，陸哥就在隔壁，所以不會鬧得太誇張。

空伯母回來之後，除了因為工作不在家的大地伯父以外，我們四個人一起吃晚餐，就這麼度過熱鬧又開心的一年最後一天。

然後感覺很長其實很短的一年結束，新的一年開始。

「新年恭喜，海。」

「新年恭喜，真樹。今年也請多多指教。」

我希望無論是明年還是後年都要繼續指教，不過先過好眼前的一年吧。

凡事不要太貪心，一步一步依照我們自己的步調前進就好。

我們在海的房間裡互相拜年之後，緊接著兩人的手機就告知收到訊息。

是天海同學與新田同學傳來的。

（群組聊天　1）

『（天海）　海，真樹同學，新奈仔，新年恭喜！』

『（天海）　今年也請多多關照！』

『（朝凪）　新年恭喜，夕。』

『（前原）　天海同學，新年恭喜。』

『（天海）　嘻嘻。新年恭喜請多關照～』

『（新奈）　大家新年恭喜。』

『（新奈）　對了，關於新年參拜的集合時間怎麼定？我已經準備好了。』

『（天海）　我也是！今年我很賣力，還請媽媽幫我穿上振袖！海呢？』

『（新奈）應該會穿吧？小海現在可是熱戀中的少女狀態。』
『（天海）說得也是。那就約在一個小時後，在我們常去的神社停車場前方集合。』
『（朝凪）你們聽人說話好嗎？』
『（前原）海才正要換衣服，等換好再聯絡大家。』
『（天海）ＯＫ～』
『（新奈）ＯＫ～』
『（朝凪）就叫妳們聽人說話。』

我們在天海同學與新田同學過來探病的那天建立的專用群組討論之後的計畫，然後各自回去準備。

只是穿便服的我沒什麼事要做，所以簡單一下整理服裝儀容，在客廳等待讓空伯母幫忙穿振袖的海。

——哎呀，上次穿的時候還挺大的……果然妳也有在成長呢。身高是沒問題，尤其是胸部那邊……啊，妳不要敲媽媽的頭。

——媽媽才是不要說這種像是大嬸會說的話！也不想想真樹就在隔壁……

——哎呀，有什麼不好？其他人也就算了，他可是正式交往的情人。海之前不也很疼愛真樹同學嗎？

——話……話是這麼說沒錯……可是那時候和現在，該怎麼說，狀況不一樣……

我覺得待在隔壁這點沒問題，不過即使天海同學和新田同學問起，我也盡可能不要提到這件事吧。

我一邊聽著隔壁母女的嬉鬧，一邊看新年慣例播出的綜藝節目，於是她們似乎換好衣服，空伯母率先來到客廳。

「久等了，真樹同學。因為很久沒穿所以花了點工夫，但是我覺得非常可愛……來，海，趕快讓真樹同學看看。」

「我、我知道啦……媽媽是笨蛋。」

海在空伯母的催促下，難為情地羞紅著臉走到我面前。

「真樹，這個……怎麼樣，呢？」

「呃……」

聽說這件振袖是空伯母以前穿的，但是品質與設計都不顯得老氣。

布料的顏色是以明亮的藍色為主，就如同她們的名字一般，是種既像天空又像大海的顏色，並在不至於妨礙這個顏色的程度，繡有色彩繽紛的花草樹木。

而且不只是和服，髮型也經過好好打理，平常及肩的頭髮綁在腦後，然後使用梅花造型的髮簪紮好。

聖誕節是一身黑色禮服，整體造型頗為時尚，當時的我也不由得看得出神。然而這次身穿振袖的模樣更是有過之而無不及，看起來閃閃發光。

「非常好看。呃……很、很漂亮，海。我覺得藍色真的很棒。」

「……是、是嗎？那樣，就好。」

「嗯。等等，妳是不是在模仿我？」

「咦，是嗎？我沒那個打算，是不是被你傳染了？」

「好吧，畢竟我們在一起好一陣子。」

「就是啊……嘻嘻。」

海大概是看到我的絕佳反應而放下心來，心滿意足地微微一笑。

「呵呵，青春果然好棒呢。」

感覺離我們很近的地方，有道彷彿在看好戲的視線。

這樣很難為情，又覺得如果吐槽會被人取笑一番，所以先當作沒看見。

「那就走吧，海。」

「嗯，真樹，麻煩你護送了。」

「了解。我是第一次，所以也不太清楚……這樣可以嗎？」

「嗯。」

我從玄關伸出手，海也開心地露出靦腆的表情，輕輕把手放在我的手上。雖然我不知道這樣合不合禮儀，既然海滿意就好。

因為時間是深夜，我們也請空伯母一起陪我們去神社參拜。

雖然是在監護人空伯母同行的條件下，但我不曾在這種本來應該要睡覺的時間外出，所以有點興奮，或者說靜不下心來。

由於海就在身邊，我沒有表現在表情與態度上，但是內心就像個要去遠足的小孩。雖然對我而言，真正的遠足只是感到憂鬱的活動。

「欸欸，真樹平常新年參拜都許些什麼樣的願望？……啊，我話先說在前面，平常沒去所以沒有許願，應該沒有……這回事吧？」

「沒那麼誇張……可是也許已經很久不曾像這樣去新年參拜了。最後一次是小時候，連跟雙親去哪裡旅行都不記得，當時去過一間神社。之後便搬到各個地方，所以……」

「這樣啊。那麼今年可得好好向神明大人許願才行了。」

「太貪心總覺得會被嫌煩啊……不過只許願又不用錢，既然這樣，我就把想得到的願望都許一下吧。」

一直以來我只祈求自己的健康之類的願望，但是關於今年有太多各式各樣的想法，坦白說還在猶豫該許什麼願才好。

自己、家人，還有去年第一次交到的朋友，以及隨時陪在我身邊的最重要的情人。

在參拜之前可得先想好要許什麼願望才行。

我和海兩個人愣愣看著夜路浮現的橘色路燈，坐了十幾分鐘的車，來到集合地點的當地神社。聽說這裡主要是對祈求學業與生意興隆很靈驗，當我們抵達時已經聚集了不少人，神社顯得頗為熱鬧。還有零星的攤販，看起來就像是小型的廟會。

「唔！啊，你們兩個，這邊這邊～！」

當我們下車之後，就發現可能正好在附近等我們的天海同學露出滿面笑容蹦蹦跳跳，用力揮手。新田同學似乎是和天海同學一起來的，正待在她身旁。

「抱歉，夕，我多花了一點工夫準備。」

「不會，我們也才剛來。別說這些了，海真的好可愛！這該不會是伯母的吧？」

「嗯。雖然每年都會看到夕，不過今年還是一樣好看。」

「嘻嘻，謝謝。今年我試著在飾品方面花了些心思。」

天海同學原地轉了一圈，展現自己穿著振袖的模樣。她是以略深的紅色為基調，或許是考慮到要和漂亮的金髮取得平衡，款式比海來得沉穩。

此外正如她本人所說，鞋子、髮飾，還有裝錢包與手機等貴重物品的小提袋等等，也都統一成和風款式，一切都讓人感受到品味……雖然由我來說也許不太有說服力就是了。

另外這邊我有點意外，沒想到新田同學也好好穿上振袖。她穿的可能是租來的衣服，是整體設計很現代的綠色。

「真樹同學覺得怎麼樣？我這樣穿好看嗎？」

「啊，嗯。跟平常一樣，我覺得很好看，吧。」

「嘿嘿，謝啦……等等，依照你的說法，豈不是在說和平常穿的衣服沒什麼兩樣嗎？虧我今天這麼賣力打扮～」

「喂喂，委員長，就算只是初學者，你好歹也已經有女朋友了，對於這種事得多學著點才行。好吧，如果誇得太過火，緊緊貼在身邊的女朋友多半會吃醋吧。對吧，朝凪同學？」

「我、我才不會在意這些事……」

海雖然說得老神在在，實際上卻趁著四周昏暗，若無其事地用力捏我的側腹，所以之後的發言可得多加留意。

只有對海可以誇遍全身上下每一處，還有像是可愛、漂亮之類裝模作樣又令人難為情的發言也只限定對海……至少現在就照這個計畫進行吧。

四個人會合之後，為了原本說好的參拜通過鳥居，沿著通往神社的平緩坡道往上走。路旁有階梯會比較快，但是除了我以外的三個人都穿著振袖，走階梯比較危險，所以雖然會多花點時間，但我們為了安全起見還是選擇慢慢爬上去。

「海，這裡有點高低差，妳要小心。」

「嗯，謝謝。」

我牽著她的手，配合她的步伐用一樣的速度行走。

平常大多是海牽我的手拉著我走，今天似乎完全委身於我，不時會看著我平靜微笑，身後半步的地方傳來感覺心情很好的腳步聲。

想來多半也是靠了海的顧慮，但是一路來到這裡，我都能夠扮演好男朋友這個角色這點讓我很開心。

「唔～……你們兩個感覺都好開心，真好～欸欸新奈仔，我們也來試試看那個吧。新奈仔當護花使者，然後牽著我。」

「不，我好歹也穿著振袖……既然如此乾脆找阿夕家的爸爸不就好了？他的人很好，應該願意吧？」

「咦～爸爸嗎～？那樣好像變成是七五三……」

「這麼說也是。也就是說，這個時候雖然不想，可是……」

「「……盯～」」

「……真樹。」

「嗯，別擔心。我明白的。」

覺得有點進入胡鬧模式的兩人看著我，不過我光是擔任海的護花使者便已無暇他顧，所以決定要胡鬧就讓她們自己去鬧。

我們四人就這樣一邊開玩笑一邊慢慢爬上坡道，來到放有賽錢箱的本堂。時間已經過了一點，因為稍微錯開了尖峰時間，所以並未等太久便輪到我們。

「咦？欸，海，這個時候是怎麼來著了？先拍手，還是先鞠躬？」

「二鞠躬二拍手吧。先鞠躬兩次，然後拍兩次手，說出願望，說完最後再一鞠躬。啊，在這之前要記得先丟賽錢喔。真樹也沒問題吧？」

「嗯。可是我平常沒有在參拜，這種時候滿有可能忘記就是了。」

「喔，原來委員長知道規矩啊。我明明每年都有參拜，可是每次都會忘記。」

「新奈，妳要對傳統再多點興趣啊。」

於是我們四人同時扔了賽錢，靜靜地合掌。

雖然不知道除了我以外的三個人許了什麼願望，但是我希望今年對我們所有人來說，都是好的一年。

「好，參拜也結束了，難得來這麼一趟，我們最後就不免俗地抽個籤再回去吧？這樣大家都可以嗎？」

「嗯。我也贊成海的意見～好，今年一定要抽到大吉。雖然我已經完全不記得去年抽到什麼！」

「哈哈，什麼啊。不過我有種阿夕每年都抽到大吉的印象就是了。我不奢求什麼，拜託至少戀愛運和金錢運要給我最棒的。」

「我總覺得這已經十分奢求了……」

我們各自拿了一百圓給販賣護身符的巫女，然後抽籤。

即使結果不理想，終究只是抽籤，所以不必太在意，不過如果是大吉，大過年的心情就會很好，所以希望至少來個中吉。

「——喔喔。」

翻開的瞬間，我不由得發出驚呼。

※※

・第五首　大吉

萬事如意，但為時不久，若習以為常而鬆懈，悲運將至。戒之慎之。

※※

「——啊，好厲害。真樹是大吉耶。」

「嗯。雖然從內容來看，未必可以放心高興啦。海呢？」

「我是中吉。不過內容和真樹的差不多吧。」

凡事順利，然而不能懈怠……差不多是這樣的意思吧。

雖然文字內容滿普通的，不過姑且還是記在心中的角落吧。

「好好喔～你們兩個抽到的都很不錯。我只是小吉～」

「……還好啦，抽籤終究是抽籤。阿夕，我們去把籤綁在那邊吧。聽說那邊還有甜酒可以喝。」

「喔，不錯耶。剛過年就立刻暴飲暴食～」

看來新田同學抽到的運勢相當差，只見她一臉不悅地把籤牢牢綁在樹枝上。只是話說回來，這終究只是抽籤，所以希望她能喝個溫熱的甜酒，趕快忘記這件事吧。

「真樹，她們兩個先過去了，我們呢？」

「有什麼事只要打電話就好，我們也自由逛逛吧？而且一路走到這裡，有點餓了。」

「喔，不錯耶。那麼去吃入口前面的雞蛋糕吧。只要多買一點，晚點可以分給大家。」

「嗯。雖然晚上吃甜食不太好，不過畢竟今天是元旦。」

「沒錯沒錯。新年就該吃好吃的東西吃個夠，在家懶洋洋地待個夠。至於體重……雖然會增加一點沒錯，不過只要等放完假再努力就好。」

「呵呵，也對。」

我與海先發訊息告知我們要分頭行動，然後享受這段短暫的新年參拜約會。

從聖誕節那天成為男女朋友，到目前已經過了一週。

雖然誰也不知道我們以後的關係會怎麼發展，但是我心想只要凡事好好努力，讓我們可以一直維持像這樣要好地相視而笑的關係就好。

功課、交流、儀容、運動，還有戀愛。

一切都是為了身旁這個可愛的女生。

「欸，真樹。」

「嗯？」

「參拜的時候，你好像閉著眼睛好一陣子，你許了什麼願？」

「嗯？啊啊，呃……我許願『希望照顧我的人們今年一整年都可以順順利利，健健康康』這樣。」

「這樣啊。那麼跟我一樣。」

「也是啦。畢竟凡事都是健康最重要。」

「對對對。直到不久前我都還在照顧某人，所以感觸更深。」

「……慚愧。」

「就是啊……真樹，不要讓我太擔心喔。」

「嗯，我會小心的。」

「……笨蛋。」

眼前先從自己的健康做起——我暗自立下目標，我與海新的一年就此開始。

2. 新學期與情人與朋友

約兩週的寒假對學生來說，短得好像沒有一樣。在家悠哉看看電視，玩玩遊戲，轉眼間就過了年，元旦之後過個三天，整個社會很快就回歸正常狀態。

尤其我還把幾乎整個年底的假期都花在療養感冒，所以實質的假期只有元旦之後的將近一週。又因為在朝凪家療養時，我幾乎都在專心休養，因此在我剛回歸時，等待我的是寒假前安排得滿滿，一堆又一堆的作業——

就是這樣，總覺得我其實沒有多少時間能夠耍廢。

「——好，這樣作業就全部解決……了吧。做到最後一天總算弄完……會不會因為校方的失誤，導致假期延長個三天呢？」

我靠著自己寫完題目，確定沒有其他遺漏之後，隨手將自動鉛筆往暖桌上一扔，順勢趴在桌上。

寒假明明比暑假短了一半以上，為什麼老師若無其事地出了幾乎同樣分量的作業呢……甚至會讓人想抱怨校方是否忘了怎麼算帳。

「辛苦了。病才剛好就這麼忙，你很努力喔。你好棒，真樹。」

「嗯，我好努力。」

「是啊。來，疲憊的身體需要溫熱的飲料。」

「謝了。」

我從跑來幫忙做作業的海手中接過咖啡，喝了一口。

雖然是平常喝的即溶咖啡，或許因為今天是海泡給我喝，總覺得比平常更香更好喝。

「抱歉啊，海。我找妳來我家，本來應該由我來泡，卻勞煩妳了。還有打掃房間之類的事也讓妳幫忙了。」

「不會，打掃這點年底你也有幫過朝凪家。好吧，雖然關於咖啡我想收個服務費。」

「總覺得這句話前不久也有聽過……呃，記得是要三千圓？」

「呵呵，這麼說來確實有這回事。不過很遺憾的，你答錯了。這次我想要的不是現金，而是別的東西～」

「也就是妳要收取相應的代價吧……那是什麼呢？」

「嗯。我想一起打遊戲。」

「這又……不，我是很歡迎啦。」

原本以為她會要求其他的事物，但是海的請求以「請求」而言非常可愛。

我也是今天還沒摸過遊戲控制器，所以覺得這件事好辦……話說我有打算之後邀她一起玩，所以海主動開口反而令我感謝。

只是遊戲這點很正常，但是海的要求在接下來的部分有所不同。

「契約成立了吧。那麼不好意思了……嘿！」

「嗯？」

海從我手上接過２Ｐ控制器後，並非坐到平常那張放在暖桌附近的沙發……而是把身體緊緊靠到仍然在暖桌裡的我身上。

「真樹稍微把腳張開一點。類似三角坐那樣。」

「呃，這樣。」

「嗯，對對對。再來就是我坐進那裡……好了，這樣就完成了。」

海把我的身體當成椅子，坐到我的兩腿之間，撒嬌似的靠在我身上。

「海，這樣我會看不到畫面。」

「從我的臉旁邊探頭不就可以了嗎？你看，像這樣把手繞到我肚子上靠著……對吧？這樣既可以玩遊戲，還可以盡情貼在一起，不管對我還是對真樹來說，都是一舉兩得吧。」

「我是不否認啦……不過這個姿勢，感覺好難為情。」

外表看起來就像是我從背後抱住海，彷彿某些老套的戀愛影集或電影會出現的情境。

而且操作起遊戲也意外困難。

「別在意別在意，現在只有我們兩個，試著玩玩看嘛。好不好，『求求你』嘛。」

「嗚……既然都答應了，被妳這麼說我就不能拒絕……」

「嘿嘿。那就說定了。」

如果是對戰，坐在後面的我會很不利，所以這次決定玩合作的遊戲。

我在海的肚子前方握住控制器，得小心手別往上舉才好。

「……真樹好色。」

「我什麼都還沒做吧。」

「不不不，這是為了因應之後因為某種不可抗力，導致真樹的手碰到我的胸部，先說一句『好色』。」

「少胡說了。」

玩笑話就說到這裡，我們決定玩遊戲玩到得送海回朝凪家的時間為止。

「啊，真樹，旗子被搶走了。」

「嗯，交給我。」

「喔，漂亮～消滅敵人就交給我，麻煩你爭取時間。」

「好喔～」

因為海心血來潮的「請求」導致玩得有些僵硬，但是隨著時間經過，我們似乎也漸漸互相習慣這個姿勢，默契也變得不遜於平常。

而且用這個姿勢玩，有種我們兩個人變得一心同體的感覺，更加有兩人合作的感覺。

「好啊！時間到，是我們獲勝。這樣我們又回歸頂尖排名區了。」

「嗯。搞不好這個陣形意外行得通。」

「對吧，真樹果然也是這麼想吧？被這樣抱著，就會覺得後面有真樹會想辦法，我就能比平常更大膽。而且低級失誤也會減少。」

「搞得我忙得要命就是了。」

話說回來，海玩得比平常更好也是事實，所以即使沒有她的「請求」以後偶爾試試看可能也不錯。

雖然終究有個前提，就是我要能夠保持理智。

今天我努力熬過去了，但也因為身體比平常貼得更緊，海的脖子傳來甜美的香氣，還有身體的柔軟，以及一些不經意的瞬間，手上感受到胸部柔軟的觸感，讓我微微有些動搖。

對此海並未說些什麼，但相信她已經從背部清清楚楚感受到我的情形。

海預先說的那句「好色」確實對我發揮功效。

「好啦，時間也到了，遊戲就玩到這裡，我們回去吧。我送妳。」

「那麼『請求』也是到此為止？」

「也是。哪天有興致再這麼做，妳就別任性了，要遵守和空伯母約定好的門禁。」

「……唔～」

海依依不捨地從我身上分開，以委屈的表情慢慢收拾東西準備回家。

算是一半開玩笑，一半撒嬌吧。

「呃……不可以喔。」

「不不不，我什麼都還沒說……」

「妳不是要說還不想回家嗎？所以我也先說一句『不行』。」

「笨蛋，不要學我啦～」

海掄起粉拳朝我打了幾下，臉上則寫著——

「還不想回家。」

「還想多待久一點。」

當然了，我的心情也一樣，如果可以，我也想兩個人一起盡情享受寒假的最後一天。

可是，我也要對自己說一句「不可以」。

即使成為男女朋友，接過吻，在她家接受照顧好一陣子，成了雙方家長承認的情侶，該遵守的事項還是要遵守，交往要有所節制才行。

「……真樹，明天早上一起上學吧。」

「嗯，知道了。早餐怎麼辦？」

「……也想一起吃。」

「知道了。那麼包括媽媽的分在內，我會準備三人份。」

好吧，在我面前會變得有如小孩子一樣愛撒嬌的海非常可愛，所以我總是得和自己心中的欲望對抗。

這也算是有著可愛女友的人辛苦之處……嗎？

翌日。

剛放完假的新學期我通常都會憂鬱得不得了，但是這次我還沒有空感受這些，就迎來匆匆忙忙的早晨。

側目看著媽媽急忙往來於房間與盥洗間的模樣，久違地穿上制服襯衫後，朝著放在杯子裡的即溶玉米濃湯注進熱開水。

「嗚，果然……今天一大早就要開會，卻只剩三十分鐘……真樹抱歉，我得出門了。」

「媽媽，我很快做好了三明治，妳在通勤途中吃吧。來。」

「喔，謝啦。小海，說來真過意不去，不過真樹就麻煩妳了。」

「好的。就算真樹鬧彆扭，我也會把他拖到學校。」

「不，再怎麼說還是會去學校……雖然有點懶。」

兩人目送睡過頭而衝去上班的媽媽，然後依照昨天的約定一起吃早餐。

兩片吐司麵包搭配簡單的沙拉，還有炒蛋和玉米濃湯。

「海，今天天海同學她們怎麼說？像平常那樣在路上會合？」

「這個嘛？我事先聯絡過早上會在真樹家……先問問看吧。」

海咬了一口抹上奶油和蜂蜜的吐司，然後在我們平常使用的聊天群組發送訊息。

『（朝凪）夕，今天上學怎麼辦？要一起去嗎？』

『（天海）』

『（朝凪）夕？喂～？』

『（天海）海，現在幾點？』

『（朝凪）七點五十分，早上。新學期第一天。』

『（天海）喔～』

『（天海）海，救命。』

『（朝凪）加油。』

『（天海）嗚哇～』

『（新奈）今天就各自去吧。你們兩個一起吧？』

『（前原）對。』

就是這樣，天海同學似乎也是新學期剛開學就搞砸，今天我和海兩個人一起上學。關於這點與平時沒什麼兩樣，但是和寒假前有個很大的不同，那就是我與海從「朋友」變成「男女朋友」。

「欸，真樹。」

「嗯？」

「我們接下來要怎麼辦呢？」

「……嗯～」

所謂接下來要怎麼辦，是指要怎麼應對其他人。

要像以前那樣，對外始終表現像是「朋友」呢？又或者好好表現出我們是正在交往的男女朋友。

我與海已經被天海同學、新田同學，還有望認定為笨蛋情侶，但是面對班上其他同學也要這麼做嗎？

以往的我們是朋友以上，戀人未滿的關係，所以對外還是會莫名轉移焦點或裝傻，然而現在已經不是這樣。

「……我認為可以光明正大。雖然旁人的聲音會有點煩，可是我不是用這種半吊子的心意向海表白的。」

雖然不是特意要展現我們有多親密，但是我沒有必要，也不想無謂地偷偷摸摸。

而且我也不想讓海這麼做。

「真樹這樣好嗎？要光明正大是很簡單，可是意外會很麻煩喔？我個人是不在意，但是嫉妒你的人會變多。」

「沒什麼關係。雖然我不希望因為這個原因被其他男生找麻煩啦。」

尤其海可是全學年最受歡迎的女生之一，從這個角度來看，嫉妒的視線與聲音多半會比以前更多……不過這就等到時候再說。

「知道了。那我以後在班上也會表現出我是真樹女友的態度。男生找我出去說話，就算是學長基本上也都無視，被其他人問起是不是在交往時，也會很乾脆地承認。」

「嗯，麻煩妳了。」

討論過關於今後的做法，我們一口氣吃完剩下的早餐，連餐後的咖啡也好好喝完，稍微休息一會兒便手牽手一起走出家門。

「……真樹，今天也要盡可能一起喔。」

「嗯。不管是下課時間還是午休時間，都要一直在一起。」

走出自家大樓門口的瞬間，冬天的冷風朝我們吹來。但是只要與海在一起，就沒有什麼好在意的。

我們如同早先說好的，兩個人牽著手走進教室，只見已經先到的新田同學一如往常地跑過來。

「早啊~上次見到是新年參拜了，你們過得好嗎？尤其是委員長。」

「還好，過得去。」

「早啊，新奈。夕有聯絡妳嗎？」

「還沒。我想大概正在狂奔吧……嗯？」

新田同學似乎對我與海的舉止感到好奇，視線移向我與海握在一起的手，然後又回到原本的位置。

「……唔，你們是這麼打算的吧。」

「算吧，嗯。剛才我也跟海談過……要乾脆一點。」

「就是這麼回事。真樹，放好書包後今天過來我這邊。」

「啊，好。」

我把書包放在自己的桌子，不在自己的座位坐下，而是前往海的座位。

看到我的行動和平常不一樣，其他同學似乎也猜到了，紛紛保持距離開始談論。

大部分聲音都表示「啊啊，果然嗎？」但是校慶以來，我和海總是有些閃避，所以雖然不到震撼的程度，但是對於不太清楚情形的同學而言，似乎是多少有點驚訝地接受這件事。

「喲，歡迎。竟然是委員長過來這邊，感覺好新鮮啊。啊，那個椅子空著，坐吧。」

「這真是……謝謝妳的體貼。」

平常幾乎不會離開靠近教室後方的座位，所以光是像這樣圍坐在海的座位旁，就覺得彷彿待在完全不一樣的地方。

位於教室窗邊的最前排座位。海平常就是在這裡念書，並且為天海同學與新田同學打圓場，有空時還會用手機跟我聊些無關緊要的事。

「呵呵，真樹真是有夠緊張的。」

「嗯……這種情形還是第一次遇到，所以完全靜不下來。」

「呵呵。那麼接下來得逐漸習慣才行呢。要不要我幫你按摩一下啊？」

「不不不，這再怎麼說也太……該說是難為情嗎？」

「咦～？又不用跟我客氣～」

海顯然很享受跟我聊天的樂趣，班上同學則像是看到什麼罕見的事物，十分吃驚。

以往的海雖然在班上不是絕對不笑，不過真要說來是負責吐槽的角色，她的笑幾乎都是苦笑或傻眼的笑。

然而現在她卻主動開起玩笑，露出俏皮的笑容——而且對象還是我這個同班男生，所以部分暗中對海有意思（狀似）的男生見狀，明顯變得很沮喪。

雖然這麼想不太好，但是老實說，我不禁有點小小的優越感，感覺心情很好。

「——噗哈，總算趕上了！海，新奈仔，我睡回籠覺睡過頭了，早安！」

「早啊，阿夕。話說妳流太多汗，都有點冒煙了，真好笑。」

「早啊，夕。來，手帕。」

「嘻嘻，海，每次都很謝謝妳。啊，今天真樹同學也在啊。歡迎。」

「打擾了。雖然我是迎接的一方，說這種話總覺得不太對。」

「呵呵，聽你這麼一說也許真是這樣。啊，真樹同學，你坐的是我的位子，可以先讓我放個書包嗎？」

「咦？啊啊，抱歉，我沒注意……」

「啊啊，你還不用讓給我。相對的，我要坐這邊。可以吧，海。嘿！」

「等等……夕，妳是不是有點變重了？莫非新年吃太多了？」

「啊～啊～我聽不見聽不見～」

天海同學就這樣非常自然地融入這個圈子，熟悉的群組成員到齊，只是周遭的同學當然不會知道這些事。

——不不不，這再怎麼說也……

——前原，這樣太過火了……

的確我也不是沒想過，不過既然事已至此，也沒辦法回頭了，所以我提醒自己要像海她們一樣，盡可能不去在意。

班導進入教室，我暫時回到自己的座位，但是我們班有個（班導自己決定的）規矩，就是各學期開學時要換座位，所以之後還得換位子。

換座位的方法是以老師最喜歡的抽籤方式進行。事先將數字隨機分配到座位表上，然後每個人抽到的籤上面的數字，就是自己的座位。

『（前原）我這個位子在最後面，很不顯眼，我是很中意啦。』

『（朝凪）畢竟在那裡可以不被任何人看見，一直看著我嘛。』

『（朝凪）好色。』

『（前原）不，我沒有一直盯著看。』

『（朝凪）那更是悶聲大色狼。』

『（前原）……我是不否認啦。』

我希望盡可能分到靠近海的座位，不過現在這個距離我也滿喜歡的。

教室的一頭到另一頭，在這種得大聲叫她才會回頭的距離，把手機藏在桌子底下悄悄發訊息，無論我還是海都會暗自竊笑，偶爾四目相對又會尷尬地撇開目光……現在回想起來，我們做的事真是又酸又甜。

然而從這個距離開始的我與海，也在不知不覺間迅速接近，距離縮減到無論在家還是學校都會緊緊貼在一起的地步。

無論是物理層面，還是精神層面。

「——好，接下來輪到前原同學。」

「好的。」

我在四個人當中率先抽籤，把名字寫在對應的地方。

我的新座位從現在靠走廊的座位，移到了另一頭的靠窗倒數第二個位子。如果可以，最後面會比較開心，不過真要說來也不是多差的位子。

至少能像現在這樣偷偷和海打字聊天，那就足夠了。

『（朝凪）真樹抽到好位子了。』

『（前原）嗯，還算不錯吧。』

『（朝凪）那我只要抽到你後面的位子就好了。』

『（朝凪）上吧我的剛臂。』

『（前原）也太特定了。再怎麼說都太難了吧？』

『（朝凪）不會，沒事的。這個任務我辦得到。雖然不是為了這個目的，但我在寒假期間打掃家裡，還撿路上的垃圾，積了功德。』

『（前原）這種想法就跟抽卡爆死的傢伙一樣，要不要緊啊？』

不過海這個想要中獎的玩笑姑且不論，只見海對於抽籤顯得比平常更樂在其中，從放在講桌上的籤堆裡慢慢拿起一張。

她仔細對照了抽到的號碼和座位表兩三次。

然後朝我露出得意的表情。

接著將朝凪這兩個字寫在我身後座位的位置。

『（前原）真的假的？』

『（朝凪）真的。』

『（朝凪）哎呀，坦白說我也嚇了一跳。』

『（朝凪）糟糕，這下子為此我得幫忙做家事才行。』

『（前原）幫空伯母這件事本身不是壞事，這麼做應該很好啦。』

『（前原）但是目的太不正當了。』

只是話說回來，就像校慶當時也是這樣，就是因為有這樣的時候，抽籤才有意思，所以我就當成是一點小幸運吧。

總之不管其他人，既然有海坐在我正後方，那麼我當然開心。

而且還沒完。

「——啊，太棒了。又跟海很近。而且這次還在真樹同學旁邊。」

「——感覺在這方面我們有著不可思議的緣分啊。我又是在阿夕後面。」

「──原來如此，這個位置的確不壞……不壞啊……」

天海同學、新田同學、望都接連在圍繞我與海的位置寫上名字。

等到最終所有人的座位都確定之後，我才發現自己在不知不覺間，已經被班上最醒目的團體包圍。

『（前原）天海同學她們，還有望也一起啊。』

『（朝凪）真樹。』

『（朝凪）學年末要跟我一起努力喔？』

『（前原）……我會努力。』

以往的讀書會已經讓我知道他們三人的成績都不太妙（尤其是天海同學與望），所以為了讓我們五個人可以一起升上二年級，我要跟海通力合作好好帶他們念書。

……而且我個人也有學年末必須好好努力的理由。

我已經達成與海成為男女朋友這個私人目標，接下來非得考慮學業不可。

在第二學期期末考結束的時間點，我的成績在全學年當中大概排在第五十名左右。

分數不差，而且即使維持現狀，媽媽多半也不會多說什麼。但是我希望學年末可以提升分數，讓排名更加靠前。

具體來說，希望在下次的學年末考試考進前三十名，可以的話最好是前二十名。至於主要的理由，就在於二年級以後的分班制度。

所以換完座位後的午休時間，我立刻找海商量這件事。

「這樣啊。這麼說來也到了這個時期啊。而且坦白說，第三學期轉眼間就會過去……，我們有過很長的交情，這段期間承蒙妳照顧了。」

「嗚哇～又還沒確定要分開，說這種話太過分了～欸，新奈仔，分班真的是用成績排名決定嗎？有沒有可能翻轉？」

「應該沒有吧～……表面上所有班級都是『普通』班，但是到了二年級以後，似乎都會有一班肯定是成績排在最前面的學生，而且上的課也會有點不太一樣。」

「好像是這樣。老姊就在升學班，似乎為了兼顧學業和學生會活動搞得很辛苦。」

那個班級會把目標放在錄取困難的大學，我個人是希望能在那個班級迎來二年級。

「啊啊～話說回來真是羨慕～如果我也像海一樣，有個這麼有心的男生願意對我說：『因為想跟妳在一起，所以我會努力念書。』校園生活一定也會更開心吧～欸欸，海，妳現在是什麼心情？其實妳現在很開心吧？」

「嗚……有、有什麼關係嗎？我們才剛開始交往……彼此都是第一次交男女朋友……」

天海同學抓準機會就展開捉弄攻擊，讓海紅著臉可愛地反駁。

對此我們已經事先對大家招認，但我想進升學班的理由就只有一個。那就是海只要繼續維持現在的成績，多半會被分到升學班，至於我以後也想一直跟她待在同一間教室。

我目前沒有明確的未來夢想。也因為就近看過爸爸這樣的例子，對於上好大學，進大公司沒什麼嚮往，但是也不想因為沒有目標而遊手好閒，給媽媽帶來無謂的負擔。

只是即使是這樣不上不下的我，也有了海這個重要的對象。

如果可以，學校畢業之後，我也希望能一直陪在她身邊共度未來。我就是有了一個能讓我自然而然這麼想的重要女孩子。

這種戀愛思考簡直有如國中生，而且剛剛才被大家取笑，就連自己也是如此認為。然而無論是什麼樣的理由，提升學業成績本身並不是壞事。

隨著成績提高，將來也會有更多選擇，所以這點沒有問題。

「欸，倒是阿夕不交個男朋友嗎？雖然妳說委員長他們『好好喔』但是妳現在也一直拒絕表白吧？」

「啊哈哈……真的是這樣呢。我從去年一直就近看著他們，心裡覺得很棒，所以也有好好試著尋找好對象就是了。」

「喔，真的嗎？那麼要不要跟我一起找呢？只要阿夕參加，我立刻就能安排機會……呃，關，你為什麼在瞪我？」

「沒、沒有，我又沒做什麼……」

雖說已經被甩，不過望依然滿心眷戀，內心想必五味雜陳。

去年也因為她與海之間還有疙瘩，多半還沒有餘力思考自己的事，但她確實很想撮合我與海，我也覺得時候到了，她可以不要再只為好友著想，同時也要為了自己著想。

然而天海同學過意不去地搖搖頭，拒絕新田同學的提議。

「嗯～……雖然新奈仔這麼說很令人感謝，可是我還要再自己考慮一陣子。也許只是現在沒有頭緒，說不定明天或後天就會出現適合的對象。」

「是嗎？不過就算阿夕自己不去找，也會有人靠過來啊……雖然有很多害蟲，分辨起來很辛苦。對吧，關同學？」

「就說不要把話題扯到我身上……」

「啊、啊哈哈……不可以太欺負關同學喔。對不起，害得你為我費心了。」

「不，這件事已經結束了，我也決定暫時專心致力於社團活動。妳別放在心上。」

即使望說得很乾脆，想必內心是在逞強吧。

單純只是我與海進展得太過順利，本來幾乎所有的戀愛都是像他們一樣。第一條件是對彼此有好感，而且還得在覺得「如果是這個人，也許可以交往看看」的時機有一方表達好感，這才總算「有可能」和這個人成為男女朋友……這樣一想，像望這樣持續相思也挺令人難受的。

關於我與海兩人的感情，目前的確非常順利……但如果把範圍擴大到我們「五個人」的話，也許還留有不少教人尷尬的地方。

雖然不知道是否受到聊了這些戀愛話題的影響，新學期開始以後，男生向天海同學表白的次數增加了。

我和新田同學一如往常會去偷偷觀望，便於因應突發狀況，不過根據我們看到的情形，對象似乎主要是二、三年級的學長。

趁著升上三年級而忙於課業之前，又或者是為了畢業前不留下遺憾──每個人的理由各不相同，但是天海同學都以過意不去的表情，毫不留情地加以拒絕。

「──呼，天海夕現在回來了。大家對不起喔。吃午飯時卻還特地讓大家等我。」

「辛苦了。雖然也許不該由我來說……不過該怎麼說，真是辛苦妳了。」

「就是說啊～先不論胡鬧的人，幾乎所有人都挺認真的，所以我覺得這種時候必須好好回應才行……海～讓我撒嬌～」

「乖乖乖，妳每天都很努力喔～」

海一邊安撫像個小孩子撲到她懷裡撒嬌的天海同學，一邊輕輕撫摸她的頭。也因為校慶前有過疙瘩，兩人直到不久之前都還拉開一點距離。但是到了年後，又能夠看到以前那樣和睦的光景。

不管怎麼說，身為海的男朋友，看到她與好朋友天海同學過得開心，也讓我放心了。

「不過啊，最近有勇無謀來挑戰阿夕的傢伙愈來愈多了。以前多少會分散一點，像是找朝凪，有時候是找我或其他受歡迎的女生，畢竟現在這些人幾乎都有男朋友了～」

「新奈沒有就是了。」

「這點不用說出來。」

寒假雖然比較短，但是各種節目琳瑯滿目，我想應該是足以改變人際關係的時間。

聖誕節、新年，過年之後不久又是情人節與白色情人節……應該會有人覺得與其一個人過，不如找個人一起過，所以會有人視為找對象的好時機，因此能夠理解這樣的舉動。

話說回來，實際上我就是這樣。以前的我明明對這類節目抱持否定的想法，結果自己意外與大家差不多。

「欸，海，我想問一下當成參考，現在妳是怎麼拒絕的？我知道妳現在對真樹同學一心一意，可是偶爾還是有人找妳表白吧？」

「嗯。雖說我和真樹正在交往，畢竟沒有特別向別人炫耀，更沒有到處去說。像是在換教室的路上，還有就是會很老套地收到信……不過就算有人找我，我也會冷淡應對，陌生人給我的信也是看都不看就扔了。」

沒錯。儘管我與海在迎來新學期後，光明正大地表現出我們是一對情侶，然而似乎也有少數人不這麼認為，不以為意地前來搭訕。

這些人會有這種舉動，多半是拿我去和即使與天海同學站在一起也毫不遜色的海相比，瞧不起外表不起眼的我……但是他們沒發現這點反而惹得海生氣，就是令人遺憾之處了。

「這、這樣啊……真不愧是海，真是乾脆呢。」

「這個嘛……那個，畢竟我已經有真樹了……對吧？」

「……在下惶恐。」

自從決定要光明正大公開以來，海也不再像以前那樣圓滑地與人往來，所以未來的我也必須改變，才能從這些事帶來的影響下保護海。

不只是學業，其他方面也要好好成長，才能讓別人把我當成「朝凪海的男朋友」。

「啊，欸，委員長，說到這個，關那傢伙呢？中午他打算拿委員長當藉口，想和我們三個人開心聊天吧……？」

「說什麼打算……這得問望本人才知道，不過說到這個，他說要去合作社買午餐，可是還沒回來。」

他在午休時間開始的同時就跑出教室，已經過了將近二十分鐘，卻直到現在都沒有回來的跡象。

路上遇到別的朋友耽誤了嗎……正當我如此心想時，教室的門剛好打開，望回來了。

「歡迎回來，望。」

「喔、喔，我回來啦。抱歉，我稍微晚了點。路上和棒球社的學長說幾句話。」

「這樣啊。你回來得比平常晚，我瞬間思考要不要去看看情形了。」

「哈哈，真樹真愛操心。不過就算遇到什麼事，我也會用平時的練習鍛鍊出來的身體反擊就是了。」

望說得沒錯，他比其他學生壯了一圈，如果不是遇到非常離譜的狀況，應該不至於發生什麼需要擔心的事吧。

隔著制服也看得出來無論手臂還是大腿，恐怕都有我的兩倍粗。即使不用到望這麼強壯，還是希望至少能練出標準程度的肌肉。

「唔……」

我好恨這個即使和其他男生相比也明顯軟綿綿的手臂。

「喔？真樹怎麼啦，該不會是對訓練有興趣吧？如果你想鍛鍊身體，下次放假我們一起練吧。附近就有個好地方。」

「喔，這樣啊。我最近稍微有做伏地挺身和仰臥起坐之類的，可能真的有點興趣……」

我瞄了海一眼，一直看著我們的海點頭表示：

「嗯，沒什麼不好吧？我也有在做重訓，不過如果要正式練習，多半還是平常就有鍛鍊的關比較清楚吧。」

「喔喔？以朝凪來說還挺寬容的嘛。我還以為妳會說：『假日必須一直跟我在一起！』完全不遮掩獨占欲，讓委員長為難呢。」

「不，我又不是那麼任性的女生……而且難得真樹也交到男性友人，我希望他能好好珍惜這方面的往來。」

跟海在一起很開心，但是不可懈怠和其他人的互動。

尤其是望在我這個以女生居多（應該說幾乎都是）的交友關係，更是唯一的同性朋友。

「那就說定了。等吃完飯後馬上來決定計畫吧。畢竟使用器材也需要事先預約。」

「了解。啊，晚點會邀請你加入我們四個人平時使用的群組，所以有什麼事就在那邊聯絡……大家沒問題吧？」

「我可以。多了一個人可能會有點吵，不過畢竟是關。」

「既然真樹同學這麼說，我是無所謂。畢竟是關同學。」

「既然委員長想邀就邀吧。還有，畢竟是關。」

「不要拿我當梗好嗎……真樹，女生都欺負我。」

「哈哈……沒辦法，這裡的權力結構就是這樣。」

儘管遲了一些，望也加入了。這樣一來，去年聖誕節和我一起拍全家福照片的人們也都連上線了。

……這樣或許多少能夠幫望一把。

雖然不確定海她們是否察覺，但是看到望在離開教室前後相比，凌亂的領帶和眼睛下方的一小塊ＯＫ繃，我不禁如此心想。

寒假結束過了幾天的週日，我獨自來到與望約好的站前廣場。正如同前幾天的約定，我們決定到望常去的設施裡請他教導我訓練，順便兩個人出去玩一會兒。

我把平常不怎麼騎的自行車停在一旁，等了幾分鐘。就在距離約定時間還有五分鐘時，穿著便服的望來了。

他按了幾聲自行車鈴，朝我露出陽光的笑容。

「喲，真樹。我還以為提早來了，讓你久等了嗎？」

「不，我也才剛到。今天要麻煩你擔任我的教練，還請手下留情。」

「喔，包在我身上。今天我會好好折磨你的肌肉。」

「我應該從昨天就一直請你手下留情了……」

海也是一樣，包括天海同學在內，這些人遇到這種時候都是徹底的硬派作風。

不過既然是我自己的提議，我也打算盡力做到最後。

「對了真樹，你這身便服挺好看的嘛。平常只看過你穿制服，感覺滿意外的。」

「謝了。話雖如此也不是我挑的就是了。」

「原來如此。是朝凪嗎？」

「嗯。她在我早上出門前先來了我家一趟。說我本來穿得太邋遢，那樣不行，所以全身上下都換掉了。」

「順便問一下，你之前是穿什麼？」

「因為要運動，所以是整套運動服。然後外面套著平常穿的羽絨衣。」

「啊啊……那麼交給她處理是對的。」

從頭頂到腳趾，今天的這身行頭都是由海包辦（強制）。

這些全都是家裡有的衣服，沒有一件新的，但是只要組合得當，還是有辦法變得時尚。至於全套運動服則放在自行車的籃子。

題外話，海為了補償因為照顧我而泡湯的年底年初行程，於是和天海同學她們一起出去玩了。

因此今天是我和望一對一。

「那就先走吧。」

「嗯。從這裡過去有點距離，不過就當順便暖身。」

我們跨上自行車，前往目的地所在的市民體育館。雖然要付使用費，但是望說能以相當便宜的價格用到豐富的訓練器材，所以他在社團休息的日子，時常會和棒球社的人一起來。

「我說真樹，平常假日你都在做什麼？我想應該和朝凪做些笨蛋情侶的舉動，我指的是除此之外。」

「我自認我們不是笨蛋情侶……不過不管海在不在，我做的事都差不多吧。就是聽聽音樂，打打遊戲，看看書……」

「或是打飛機？」

「怎麼突然提到很男性的話題……不過我也是男生，也是有這種情形啦。」

「就是啊。就算有女朋友，你們交往也還不到一個月……我順便問一下當成參考，有什麼推薦的嗎？」

「咦？這個嘛，呃，我大概都是看這類……」

「喔，我懂。雖然只聽過名字，不過這個人評價挺高的。」

「是嗎……等等，我們一大早在說些什麼啊？」

要是不在場的女生三人組聽到肯定會避而遠之，不過這也是男生之間才能聊的話題吧。

我與望無論體格、個性，還是興趣嗜好都完全不一樣，不過既然同為高中男生，就一定有個共通話題。雖然不太適合在別人面前談論，但也因為這樣才更有同伴意識。

我們兩個人一邊踩著踏板，一邊聊起各式各樣的話題。棒球、棒球以外望有興趣的運動，聊過這些之後又聊起我常聽的音樂類型、推薦的漫畫等等——互相詢問、訴說，了解對方，也讓對方了解自己。

無論是喜歡的事，還是不擅長應付的事。

我希望和望的交情可以長長久久。

彼此的事情聊完，我看準還有一些空檔，問起感到在意的事。

「……望，我們約好今天健身的那天，你跟別人出了點事吧？」

「嗯？啊啊，那件事啊……果然大家都莫名顧慮我吧。」

「嗯，其實──」

之後我詢問海，發現果然不只是我，其他三人似乎也都察覺望的情形不對勁。似乎還瞬間確認想法，覺得他本人不想說的話就暫且不管。

我也是直到剛才都在煩惱應該怎麼做，但是我想與其一個人煩惱，不如兩個人一起煩惱。哪怕無法從根本上解決問題，負擔應該也會變輕，所以儘管自覺是在多管閒事，還是決定問問看。

這樣比較符合我的作風。

「這樣啊……總之快到體育館了，我們等到了再說吧。一邊活動身體一邊說話，我也比較能夠排遣情緒，比較好說話。」

「知道了，那就這麼辦。」

接下來好一會兒，我們兩人默默踩著自行車，前往位於市民體育館的付費健身房。使用費是三百圓，據說只要支付這筆費用，要在裡面用上幾小時都行。

從跑步機與健身車等連我也知道的必備器材，到看起來就很重的啞鈴與槓鈴，以及其他用來鍛鍊背肌和腳的器材，的確是個適合用來鍛鍊全身的地方。

所幸除了我們之外沒有太多人，所以若要一邊健身，一邊商量些小煩惱，應該是個剛剛好的地方。

我在置物櫃前換上運動用的衣服，首先輕鬆拉拉筋。

……這個「輕鬆」是以望的基準而言。

「真樹，那就開始啦。來，喲。」

「唔……！嗯咕咕……望、望……這個，不行，不妙……我……我的脊椎在哀號。」

「嗯～果然如我所料，你的全身硬梆梆啊。玩遊戲是沒關係，不過偶爾還是得做點柔軟體操……來，再努力一下～」

「啊嘎……」

我被望扛在背上伸展背肌，還做了股關節的柔軟操、肩胛骨一帶的拉筋等等……每次接受望的協助，都深刻體認自己平常有多麼怠於運動。

為了避免身體突然用力導致無謂的受傷，這些都是必要的準備，然而光是這些準備就讓我已經有點喘。

……沒想到一開始就露出這樣的醜態，真不敢想接下來會怎麼樣。

「好。差不多先這樣吧。那麼等到呼吸穩定下來，接下來是跑步機。」

「莫非那也算是暖身嗎……？」

「是吧，嗯。平常我會就此開始重訓，不過我想真樹在這之前，大概還是先跑一跑會比較好。」

「……就是說啊～」

只是話說回來，如果我繼續癱軟在這裡，那就不是要不要聽望說話的問題，所以我重新振作起來，走向跑步機。

然而因為是第一次，決定把速度調成望平常的一半。

「真樹，如果受不了隨時可以休息。」

「我、我沒事。雖然身體僵硬，但是我從前一陣子就有在跑步，多少習慣了。」

染上感冒讓我正視自己基礎體力不足的問題，所以過了年之後，拜託海讓我參加她的晨間跑步。

以往我不管做什麼都是五分鐘熱度，但是總不能跟女朋友在一起還這樣。

我一邊跑一邊回想自己的步調與呼吸的節奏，穩定跑下去。

就這樣心無旁騖跑了十分鐘左右，望朝我瞥了一眼，把速度調低到和我一樣開始慢跑。

「其實是朋友……不，那種人已經不是朋友了……呃，就是我最近和班上那些傢伙處得不太好。」

「……你是指不久前還經常在一起的運動性社團那些人嗎？像是足球社還有籃球社，以我們高中來說，感覺他們滿活潑的。」

「沒錯沒錯。不過我也是棒球社，所以是類似同屬運動性社團的連帶感，不知不覺就跟他們混在一起……雖然也因為我和天海同學的事，最近變得保持距離。」

那件事的原因固然出在望太過衝動，即使如此，也不構成他們可以嘲笑別人拿出勇氣向意中人表白心意的理由。

之後我也儘可能無視那些人，但是我知道他們偶爾還是會在海或天海同學不在的時候嘲笑我，或是對女生當中比較好攀談（看起來）的新田同學開玩笑，讓她露出不高興的表情。

「那麼上次的午休時間，你不是和棒球社的學長，而是和那些傢伙起了衝突嗎？」

「嗯。到了現在我只覺得自己做了幼稚的事，但是當時我有點怒上心頭，忍不住揪住對方的衣服。只是手很重要，所以我沒有動手打人。」

看來他的領帶莫名凌亂還有ＯＫ繃，都是當時和對手拉扯所造成的結果。他說ＯＫ繃是因為當時被對方的指甲劃到導致皮膚發紅，情急之下先貼再說，其實那一下的力道很輕，現在已經沒留下痕跡。

「……可以問他們對你說了什麼嗎？」

「可以啊。那再把速度調低一點吧。」

望先把速度調到和慢跑差不多，然後慢慢說起當時的情形。

「我想你大概也能猜到他們說什麼，不過是他們先來找碴的。說我『最近很不合群嘛』。他們明知那群人只有我沒有女朋友，還在暗地裡嘲笑我，我才會和他們保持距離。」

自從望對天海同學表白以後，就有意和這些人拉開距離，但是直到前幾天，表面上並沒有發生任何事。

也就是說，原因多半還是出在迎接新學期後，教室裡新形成的我們五人的小團體。

海以往對男生都是採取不痛不癢的應對，但在交到我這個男朋友後，便明確劃分界線。天海同學與新田同學也逐漸像是效法她的方式對待男生，而我和望在這當中（看似）受到特別待遇，多半有人會看我們不順眼吧。

「我被說些什麼都無所謂。畢竟我之前裝模作樣亂說話都是事實，那是我自作自受，所以我覺得暫時這樣也是無可奈何……可是他們對真樹還有其他幾個人都說得很難聽……所以我才會——」

「……望。」

接下來我請望詳細說明當時的狀況，然而正如同我的想像，讓人很不愉快。

「你拉攏前原跟那些女生拉近關係，真好啊。」

「也讓我們參一腳嘛。」

「該不會是被天海同學甩了，接著就盯上朝凪了？」

……諸如此類包括海在內的幾個女生聽了一定會很生氣的台詞，說個不停。

他們也和望有一定的交情，所以多半有些開玩笑取笑他的成分，然而即使如此，還是有不容跨越的界線。他們明顯越過那條線，找望的碴。

真虧望只有揪住他們的衣服，我反倒想稱讚他。

「我依然喜歡天海同學，這點我承認。畢竟即使發生過那種事，天海同學還是像以往一樣對待我……而且比起單純從遠處看著那時候，現在的我知道天海同學是更好更棒的女生，所以反而比以前更喜歡她。」

「我能理解。天海同學不只人美，心也很美。」

「就是說啊。真樹也許不知道，但是去年聖誕派對結束解散之後，除了你與朝凪以外的三個人在聊天，當時天海同學就一直在哭。她感動地說：『真樹同學和爸爸媽媽開心地拍了照片，真是太好了。』」

「唔！原來是這樣啊。」

當時還以為他們丟下我與海各自回家了，沒想到我和海兩個人走在夜路時，他們那邊發生了這種事。

我對此覺得意外，但是關於天海同學的感想比較接近「真像是天海同學會做的事」。能夠為了別人流淚是她的優點之一。這點無論我還是海，當然都很清楚。

「然後我想到起初為了邀這樣的天海同學參加派對，竟然想利用你……可是如今的我只是想跟你交朋友。所以才會像現在這樣，假日邀你一起鍛鍊。」

「還有希望天海同學也能跟我一樣，確實變成『朋友』沒錯吧？」

「……哈哈，果然瞞不過你啊。」

「嗯。因為望其實不太會說謊。跟我一樣。」

然而也可以說正是因為這樣，儘管只是身在同一個小團體裡，仍然能和天海同學繼續當「朋友」。

相信天海同學也有好好看見望的優點。

「這個嘛，如果能和天海同學成為男女朋友，那當然很開心啊。可是即使沒辦法如願，我也希望能以『朋友』身分跟她好好相處。大家一起在真樹家開讀書會，在學校聊些沒營養的話題，輕鬆地吃飯……自從上了高中以後很久沒這樣了。那些傢伙滿口都是上次聯誼怎麼樣，那個女生怎麼樣，那間女校怎麼樣……都是這種話題。」

好不容易找到了感覺能夠開心度日的容身之處，卻被之前那些傢伙跑來說難聽的話，這對望而言只是在找麻煩吧。

「好吧，上次的情形差不多就是這樣。我認真起來之後他們似乎也多少害怕了，我想只要是我還盯著他們的時候，應該不要緊。」

「這樣啊。那麼以後我們也可以一如往常光明正大了。」

「就是這麼回事。好，忘掉那些煩人傢伙無所謂的嫉妒，繼續暖身暖身！再跑個三十分鐘，好好流汗吧？之後稍微休息一下，接著先從啞鈴開始。」

「……好。」

像這樣把話說開，讓望鬱悶的心情多少有些舒緩是很高興，不過明天還要上學，真希望訓練方面他能儘量手下留情……但是看樣子沒這回事，這下就辛苦了。

明天肯定會肌肉痠痛。

從隔日放完假的週一起，望基本上都待在我們這個圈子。他忙著參加棒球社的活動，所以無論如何都會以那邊為優先，但是加進了他這麼一個人，讓眾人投向我們的好奇視線顯著減少，感覺有很大的差別。

「你們幾個早啊～呃，委員長果然不出我所料，已經動彈不得了。」

「早安，新田同學……啊，等等，不要戳那邊，很痛，很痛啊。」

早上五個人當中最晚到校的新田同學戳了我的側腹。昨天和望鍛鍊時太過逞強，果然早上一起床就感受到劇烈的肌肉痠痛。即使如此，包括海在內的每個人都來戳我的肚子，是否太壞心了呢？順便說一下，坐在正後方的海現在也還在有一下沒一下地戳。

根據望的說法「已經選擇了輕鬆很多的訓練菜單」讓我想到原來還可以更上一層樓，不由得有些退縮。

順道一提，今後我也打算定期和望一起鍛鍊。因此雖然有點擔心，但我還是想努力。

「對了，新奈仔今天比平常晚來，怎麼了嗎？平常都是妳等我們，今天突然發訊息說『你們先過去』讓我很擔心。」

「新奈，我看是妳和前男友之間出了什麼狀況吧？」

「……嗯，就是妳猜的那樣。其實我們在路上遇見～他又纏著我邀我下次出去玩，讓我花了一點時間拒絕。」

多半就是上個月我和爸爸吃飯時，在家庭餐廳撞見那件事的後續吧。

對方因為和別的女生有約（多半是約會）放了新田同學鴿子，對新田同學而言是被對方甩了，但是聽起來這個人今天又跑來糾纏。

「這……好糟糕啊。」

「我的感想跟真樹同學一樣。那個人好過分。」

「爛透了。」

「像我這種人說這種話也不太對，不過也未免太沒節操了。」

我們聽聞這件事的反應五花八門，但是海和天海同學的反應格外嚴厲。

對方多半對自己的外貌很有自信，但是做出這種惡劣行為，相信就算公開宣稱自己是外貌協會的新田同學，也會對這個人打「×」吧。

「是啦，大家也這麼認為吧。雖然他很帥，長相也對我胃口，但是個性……嗯～我也有在努力，但是實在不容易找到好對象啊。」

「就說新奈太在乎外表了。外表重要這點我能理解，可是也要多看看其他方面吧？」

海選了我當男朋友，所以說起這番話特別有說服力。

我自認為無論外表還是個性都沒什麼過人之處，但是包括這些想法在內海都喜歡我，讓我覺得非常開心。

不要只看外表，內在也很重要……這點新田同學應該也懂，但是看起來相當不容易。

「這點我也知道啦～可是大家一開始不都很會偽裝嗎？而且愈是習慣這麼做的人，就愈擅長掩蓋本性……雖然有好的對象，但是這樣的對象身邊有滿滿的競爭對手，憑我這種程度很難插手。」

「會嗎？我覺得新奈仔很可愛……欸，海也這麼覺得吧？」

「咦？哎呀，這個嘛，嗯～……」

「不，我們是一夥的，這種時候朝凪也要說『可愛』啊。對我們來說，這不就像是種客套話嗎？你們兩個男生也是，要不然不管經過多久都不會有異性緣。」

「咦咦……」

先不說什麼客套話，新田同學在班上顯得很出眾，在男生當中應該也很受歡迎，所以要說可愛的確是可愛沒錯……但是這種事沒有絕對的指標，而是有著各自不同的主觀，因此很難比較。

「總之就算再怎麼著急，大概也只會有花花公子上鉤，所以現在還是應該先培養看人的眼光吧。可是畢竟身邊的人是委員長和關啊……」

「喂喂新田，妳對我和真樹有什麼不滿？我們可是班上的好學生和棒球社的未來王牌，到底有什麼不滿。」

「不就是除了學業以外都需要改進的土氣男和單純的棒球痴嗎？先不說個別能力，在戀愛方面根本不行嘛。」

「唔！」

「哈哈……」

新田同學的發言雖然嚴格，但是我認為沒什麼不對。我只是受惠於運氣和緣分，望則是一股腦兒猛衝被天海同學甩了。我們實在無從辯解。

「總之這件事到此為止。話說委員長，今天放學後能不能空出點時間？我想之前跟你借的餐費也差不多該還了。」

「餐費……啊啊，的確是有這麼回事。」

這與先前提到的事有關。我想起上個月和爸爸吃飯時湊巧撞見新田同學，於是先幫她墊了餐費。

金額並不大，而且我現在有爸媽給的壓歲錢，所以錢包還算充裕，沒有特別想要催債。

但是新田同學多半覺得一直欠錢不還，心裡不踏實吧。

拖得太久導致記憶模糊也不好，而且錢也不嫌多，所以就收下吧。

「海，今天就是這樣，可以嗎？」

「嗯。而且還是趕快讓她還一還吧。趁著善變的新田同學改變心意之前。」

即使沒有任何安排，我也時常和海一起玩，所以姑且還是問海一聲。

天海同學面帶竊笑看著我們……不過也沒關係啦。

「知道了。那麼放學後我在家等你，到時候妳再拿錢過來……」

「啊，抱歉。過年買了太多東西，手上沒有現金，可以讓我用『這個』來還嗎？」

土氣男
棒球狂。

新田同學拿出來的東西不是錢，而是幾張大大寫著「抵免一千圓」的餐券。

而且似乎是我們上次遇見的那間家庭餐廳所發行的。

「爸媽在商店街的新年抽獎抽到，然後就拿了幾張。雖然不是錢，不過只要用這個請你吃飯就扯平了吧？」

「邏輯方面是沒錯，可是……也就是說我要和新田同學去吃飯嗎？」

「好吧，確實會變成這樣。雖然我超不想的。而且你看，這個餐券上面還寫著不能轉讓給別人。」

我拿起餐券看向背面，上面清清楚楚寫著「禁止讓渡、轉賣」。這個注意事項想來是為了防範轉賣，如果只是個人交易應該不至於拆穿，然而畢竟有道德問題，所以形式上最好還是由原本的持有人新田同學請我吃飯吧。

然而這樣又會產生別的問題。

「……不行。」

「我想也是啦。」

我尚未發問，海立刻給出「×」的答案。

雖說我和新田同學是朋友，海也知道當時的來龍去脈，但是我想世上應該沒有哪個女生能爽快地讓男朋友和其他女生吃飯。

尤其是海很愛吃醋，一旦鬧出那種事，也許會有一陣子不肯跟我說話。

「既然這樣，朝凪要不要一起來？我只要能把之前借的錢還給委員長就好，所以就算女朋友跟來也完全沒問題。當然不會請朝凪就是了。」

「我我我～！雖然跟我完全沒有關係，既然這樣我也想和新奈仔一起去吃飯～那間家庭餐廳就連午餐都很貴，所以媽媽也不會帶我去。機會難得，我們大家一起去嘛，這樣絕對比較開心。」

如果是這樣，就只是地點換成比較貴的家庭餐廳，氣氛多半和平常沒什麼兩樣，這麼一來也不會有人遭到排擠。

「新田同學，我姑且問一下，可以把我的三千圓均分給我、海、天海同學三個人嗎？就當成是我用新田同學還我的三千圓請她們吃飯。」

「如果我要出的一樣都是三千圓，之後就隨便委員長分配嘍。只不過這樣只能點輕食或甜點，不過我本來也沒打算要大吃特吃。」

「那就這麼說定了。」

於是除了因為社團無法參加的望以外的四個人，決定前往上個月去過的那個地方。

在那個聖誕夜以後，爸爸沒有發來任何聯絡（當然也沒有聯絡媽媽），所以我本來還以為已經不會再去那裡。

……不知道爸爸過得好不好。

放學後，我們和換上訓練用球衣，一臉羨慕看著我們的望道別，繞路前往那間家庭餐廳。她們說因為很久沒有像這樣繞路，在家庭餐廳填飽肚子後想在附近買東西逛街。

我個人只想吃個點心趕快回家，但是這個意見遭到三個人反對，當場遭到否決。

於是我們久違搭上電車，聽著坐在座位上的女生三人組談話。

「欸欸，新奈仔，新年假期除了去神社參拜，妳還去了哪裡？我一直在家耍廢，體重稍微增加了。」

「這點我也一樣……嗯～我有跟老姊一起到處去跟親戚們拜年啦。畢竟是每年的慣例，而且也得跟他們要壓歲錢才行。阿夕今年沒回伯母家吧？」

「嗯。最近爸爸不太能請假……啊，可是外婆他們說明年暑假說不定可以過來。還要跟舅舅舅舅媽一起。」

「唔？舅舅舅媽……也就是說阿夕該不會有同年代的表親吧？像是長得跟夕很像，十分帥氣的男生？欸，朝凪知道些什麼嗎？」

「新奈，我說妳啊……很遺憾，夕的舅舅應該沒有小孩……對吧？」

「嗯。如果追溯到外婆的兄弟姊妹，或是舅媽那邊說不定會有，但是那麼遠的關係我也記不得。我在那邊就會變回很怕生的樣子，所以很難去問這些事。」

如今的天海同學是班上的開心果，但是處在沒有海或新田同學陪伴的狀況時，似乎還是會很害怕，不禁表現出認識海以前的那種安分舉動。

只是話說回來，這種話也輪不到各方面都很怕生的我來說。

「既然是這樣，委員長那邊都沒有嗎？像是以前很要好但是後來疏遠的青梅竹馬，或是開玩笑說長大要結婚的女生。」

「到底在說什麼啊，而且為什麼限定女生……」

「真樹，這是什麼狀況？有，還是沒有？」

「還有不要連海也開始追究。」

原本在聊天海同學的親戚，不知不覺間火星飛濺到我身上了，不過她們真的對我的過去感興趣嗎？

海有興趣就算了，但是連天海同學也興味盎然地期待我的回答。

「呃……無法回應各位的期待真是過意不去，不過我真的沒有這樣的對象。我家連父母都很少和親戚來往，而且我也不曾在哪個地方待到有青梅竹馬……應該說我以前真的不曾交過朋友。」

雖然或許有過親切的同班同學，但是當時的我比現在更怕生，所以我想應該連那樣的善意都忽略了。

正因為如此，對我來說，海有著怎麼感謝也謝不完的恩情。

「喔～這樣啊。真沒意思～不過沒有其他女生的影子，對女朋友來說比較安全安心？對吧，在男朋友身邊露出由衷感到放心的表情的小海？」

「少別得意忘形了。」

「啊，對不起。抱歉，委員長救命。你的女朋友兩眼發直，感覺好恐怖。」

「那也是新田同學害的，請妳加油吧。」

要拿我們的感情開玩笑是可以，不過姑且不說我，海一旦超過極限就會真的生氣，所以捉弄她的時候最好適可而止。

傍晚還不到下班的尖峰時間，電車幾乎完全由我們包車。我們在最近的車站下車，邁步走向目的地。

「喔～最近我都沒來這附近，現在變成這樣啦？」

「就是啊。周圍都是公寓，所以還挺清靜的，而且又有漂亮的公園。就是風強了點。」

當時的我獨自一人，心裡又懷著各種疙瘩，所以不太有心情觀看周遭的風景。不過現在和以前相比，我抬起視線，視野變得更加開闊。

「啊，記得委員長就是在那邊的便利商店請我吃肉包和咖啡的。雖然都很便宜，滋味卻還可以，我隱約記得。」

「喔～原來有這種事啊。他倒是沒請過我呢。」

「回、回家路上我也會好好請海的。」

我一邊為了沒將當時的詳情告訴海而道歉，一邊在新田同學的帶領下前往那間家庭餐廳。也因為時間比上次要早，店裡幾乎沒有客人。從菜單看來，價格比較合理的午餐多半還可以點。

「難得來一趟，大家點幾樣分著吃吧。我點大盤炸薯條，真樹同學和海就挑些看起來好吃的芭菲。當然也要點飲料吧。」

「她是這麼說的。真樹，你要點什麼？」

「嗯～之前點的那個不錯，不過新作也很難抉擇啊……」

我們兩個人肩並肩靠在一起看同一份菜單，指著各種餐點商量。

今天是四個人一起來，所以海不是坐在對面，而是坐在我旁邊……然而即使只有我們兩個人，說不定我也希望這樣做。

（欸，真樹？）

（嗯？）

海的低語讓我的耳朵好癢，於是我把臉轉過去——

……啾。

天海同學與新田同學正在專心挑選餐點，海就用跟我一起看的菜單遮住臉，悄悄往我的臉頰一吻。

（海……海，這樣，這個，我會嚇一跳……）

（嘻嘻，可是你很開心吧？）

（那當然……畢竟是女朋友親我。）

由於有隔板和菜單，我想應該沒被拆穿，但是在這種地方毫不避諱別人的目光打情罵俏固然令我開心，但也讓我沒辦法鎮定。

海偶爾會做出這種大膽的行為，所以我也要若無其事地因應……辦得到嗎？

看樣子似乎尚未被坐在對面的兩個人發現，所以我們根據海的選擇，從季節限定商品和招牌商品裡各點一種。光是這樣就各花了一千圓，不過相對的內容很豪華，而且今天是新田同學請客，所以別在意價錢，好好享用吧。

我們叫來店員各自點餐之後，除了我以外的三個人先去洗手間。我從正好位於眼前的飲料吧準備每個人的咖啡，再來就是幫大家看管包包。

我在播放沉穩古典樂的店裡愣愣看著周遭，目光忽然停在店內最裡面的兩人座。

那是上個月我和爸爸兩個人來的時候的座位。

「那個時候還是說得太過火了……」

現在仍能鮮明地想起當時的情形，但是隨著時間經過，冷靜下來思考就覺得我也許對爸爸說得太過分了。

然後在聖誕夜那天，我說謊找爸爸出來，關於這件事我也還沒能向他道歉。

依照爸爸的個性，多半已經不放在心上，但是如果有機會，我想跟他說聲對不起。

……只是話說回來，既然那天晚上宣言也許不會再見面，所以不知何時才能實現。

我在腦中想著這些事，不知不覺喝完第一杯咖啡，於是為了有點早的續杯而起身。

就在這個時候，店家的自動門打開，一對新的客人走進來。

——嘻嘻～今天久違地可以和隼人同學一起玩，好開心喔～畢竟從上次聖誕節以來，就因為有事無法見面～

——哎呀～抱歉抱歉。年底年初那陣子我跟家人去旅行，一直待在國外。其實我也很想跟妳在一起，可是我家爸媽很在乎那種事。

「……什麼嘛。好吧，怎麼會有那種事。」

原本以為莫非真的這麼湊巧，但是走進店裡的是看起來和我們一樣是高中生的兩名男女，於是我立刻把視線拉回咖啡機。

搞不好會撞見為了吃遲來的午餐而走進店裡的爸爸……當然沒道理發生這麼巧的事。

我往杯子裡放了一個自行取用的方糖與大量奶精便匆匆回到自己的座位，她們三人也正好從洗手間回來。

雖說是去洗手間，看樣子更像是去整理來到這裡的路上被強風吹亂的頭髮與服裝。

至於我則是剛進入店裡，海就用梳子幫我迅速整理，所以沒有問題。

「真樹久等了。還好嗎？有什麼事嗎？」

「嗯，沒事。只是無意間想起這個座位就是新田同學結不了帳而傷腦筋時的座位。」

「委員長，那種記憶就不用無意間想起了。趕快回座……位……」

如此說道的新田同學用下巴催促大家坐下的瞬間，目光停留在一個位置，動彈不得。

「嗯？新奈仔怎麼了？妳站在這裡不動，店員和其他客人過不去會很為難的。」

「……那是我前男友。」

「咦？」

「窗邊那對情侶的男生……就是跟我約好卻放鴿子的傢伙。」

「「「……」」」

……該怎麼說呢，那邊倒是發生巧合了？

除了新田同學以外的三人立刻交換視線，決定先暫時觀望，於是和新田同學一起躲著他們回到原來的位子。

「久等了。這是各位點的大盤炸薯條、當季水果滿滿芭菲，以及莓果多多&草莓芭菲……不好意思，各位客人？」

「啊，好的。不好意思，請放著就好。謝謝。」

正好我們點的餐點也送來了，所以我們趁著芭菲的冰淇淋還沒融化，一邊吃一邊觀察新田同學的前男友。

「喔～？我是聽說過情形，不過就是他啊……的確是新奈會喜歡的長相和體型呢。雖然我不太喜歡那種類型。」

「嗯～該怎麼說，就是有種裝模作樣的感覺。雖然女方似乎沒怎麼發現。」

「那傢伙……今天早上才約我，沒約到就立刻找別的女生嗎……他的神經也太粗了。腦子都被〇〇支配了嗎？那個臭〇〇——」

雖然很多地方（就當作）聽不清楚，但是我可以體會新田同學會想開口咒罵的心情。

從隔板的縫隙窺探，發現對方整體形象顯得脫俗。染成亮色系的頭髮，穿得鬆鬆垮垮的制服……身材方面也絕對不含糊，給人精壯的印象。

如果那個人刻意表現，的確會有很多人像新田同學那樣受騙吧。

「那麼新奈，妳要怎麼做？現在就殺過去用杯子裡的水潑他嗎？不，還是滾燙的咖啡比較好？」

「咦、咦~？做到那種程度，店裡的人還有對方那個女生都會很困擾啦。新奈仔，拜託重新考慮好嗎？」

「不不不，我這輩子從沒做過那種事……而且這種事只要和外校男生出去玩就會經常遇到，這次倒是很慶幸能知道對方的本性。」

海看似鎮靜卻充滿敵意，天海同學看似關心卻絲毫不擔心男方。和激進派的兩位相比，身為當事人的新田同學意外鎮定。

多半就是在這種地方調適得很快，才有現在的新田同學吧。

「好了，別管那種傢伙，進行原本的點心時間吧。啊，委員長，麻煩幫我再拿一杯咖啡，要苦的。」

「啊，那我也要紅茶。」

「呃……那、那我也要一樣的……開玩笑的，嘻嘻～」

「我不知不覺變成服務生了……不過反正就在眼前，是無所謂啦。」

於是我們把注意力拉回來自己的桌子，一起分享各自點的餐點。

「唔唔……我本來覺得為什麼甜點要和大盤炸薯條一起點，但是意外地不能小看這個組合……」

「我懂。夕第一個點的時候，老實說我覺得『啥？妳在搞什麼？』但是甜鹹搭配之後就讓這個挺有分量的芭菲吃起來不會膩，這下吃得完。」

「呵呵，對吧～？我的『白飯配梅乾』理論可不是蓋的。這樣就能不停吃甜的東西了。欸嘿！」

「阿夕想說的話我隱約～能夠理解啦，不過要我把芭菲跟白飯相提並論，還是有點困難就是了。」

考慮到店家的氣氛，於是我們壓低音量，在常識範圍裡享受放學後的時光。

所幸那個男生也只顧著眼前的女生，似乎並未發現我們，所以希望可以就這樣平平靜靜地離開。

「嗚～不上不下的分量反而讓肚子愈來愈餓了……雖然想加點，但是有點太貴～……可是午餐菜單看起來好好吃……」

「夕，晚點還要吃晚餐，適可而止吧。還有如果因為好吃就大吃特吃，體重可就回不去嘍。」

「唔嗚嗚……我好恨多出來的五百公克肉肉……」

外表看起來完全沒變，但是女生對細微的變化很敏感，所以還是別亂說話比較好吧。

……我完全沒有迴避的意圖，但是由於先前喝了太多咖啡不禁想上廁所，於是就趁三個人聊減肥聊得很起勁的空檔，去一趟洗手間。

我在廁所隔間裡喘口氣，慢慢排出積累的東西。

「真沒想到會一個人陪三個女生到家庭餐廳啊……」

並非對她們有什麼不滿，也並未期望事情這麼發展，但是我的交友男女比例十分偏頗這點是事實。

稍微發了一下呆，心想透過跟海的關係多半只會不斷增加女性朋友……到底該怎麼交到同性朋友呢？

「總之這也是今後的課題吧……也就是說學年末的考試得更努力才行了。」

我有著想和海待在同一班的私心，但是只要進入升學班，周遭的環境應該也會變得迴然不同，所以升上三年級的換班就是創造全新交友關係的絕佳良機。

不只是天海同學與新田同學這些透過海認識的朋友，我自己也要鼓起勇氣，打進其他人的圈子裡。

望的時候我就辦到了，也順利跟他成為朋友，所以這應該不是絕對辦不到的事。

不可以只是等待。這點只要看身旁的海就知道。

今後的小目標已經決定，上完廁所全身舒爽的我打開門正要走出隔間。

「……啊。」

「咦？」

不巧那個男生就在洗手台前整理瀏海。

「……嚇我一跳，還以為只有我一個人，原來還有別人喔。」

他看到鏡子裡的我，保持原本的姿勢開口抱怨。

我不禁想反駁「不行嗎？」但是對待這種人還是加以無視比較明智，所以我沒有表現出在意的態度，迅速洗個手就要離開——

「——我說啊。」

「……」

「喂喂，等一下啦。我在跟你說話，不要不理我啊。」

我不打算理會，正準備從他身旁走過時，肩膀被他冷不防伸出的手抓住。

看到他的手指被髮蠟和廁所的水弄濕，讓我覺得很不舒服，但我勉強忍住咂嘴的衝動。

「……請問找我有事嗎？」

「你跟新奈坐在一起吧？該不會是她的朋友之類的？」

「是這樣沒錯。」

他的視線應該從頭到尾都沒有看過來，不過似乎好好掌握了新田同學在場這件事。眼前還有其他女生，注意力卻不是放在她身上，而是注意別的女生，而且還是自己單方面拋棄的對象，這個人到底在打什麼主意？

這個人無論對新田同學、對那個我不認識的女生，還是對我都很失禮。

「喔喔，表情不要那麼凶啦。我只是想跟你說幾句話才會叫住你。」

「不用了。那麼我失陪了。」

「不不不，只要一下子，一下子就好，我只是想要問點事情。問完之後一輩子都不理我也行。」

「可以請你先放手嗎？」

「啊啊，抱歉抱歉，我一時沒注意。」

他究竟在打什麼主意？和先前看著我的時候判若兩人，滿臉陪笑。

我不知道他想問什麼問題才會假意討好我，但是他帶給我這輩子最頂級的不悅感受。

「……那是什麼事？」

「嗯。老實說，新奈我已經無所謂了……」

如此說道的臭○○（新田同學的說法）露出笑瞇瞇的，不，是令人不舒服的冷笑。

「倒是新奈的朋友？那兩個女生啊，她們有在跟誰交往嗎？」

「　」

這已經是可以二話不說揍下去的狀況吧？雖然我不會真的動手。

被他叫住時就有不好的預感，但是聽到他問出這麼意料之中的問題，讓我已經超越生氣，反而感到傻眼。

「……無聊。」

「咦？」

「我走了。」

我結束對話，快步走出廁所。

即將離開之際，被扔下的他似乎撂了句狠話，不過腦子被○○（同樣是新田同學的說法）支配的傢伙說的話，我根本無法理解。

由於我回來晚了，海她們立刻察覺到發生什麼事。

「……新奈，我看還是咖啡比較好吧？」

「不，反而是果汁之類的也行吧？會留下汙漬，而且又黏答答的。」

「那麼我讓女生去避難喔。」

「……不，慢著，再怎麼說也太誇張了。」

總覺得她們的對話是以潑灑為前提，不過即使是水，一旦先動手就是我們不好，所以雖然沒道理，還是得忍下靠力量解決的衝動，而且那樣也會給店家添麻煩。

如果真的要動手就先離開這裡，等到晚上才趁黑偷襲……不對，我們只會結完帳然後主動離開。

「真是的，為什麼偏偏這麼不巧……對不起喔，委員長。害你被怪人纏上。」

「還好啦，既然借的錢已經還了，這就回家吧。」

「是啊，這間店全年無休，餐券還有剩隨時可以過來。」

「嗯。下次大家存夠零用錢，一起來吃個飽吧。還有新奈仔一點錯都沒有，不要露出這種表情。」

我們點的餐點以及從飲料吧拿來的飲料全部解決，所以我們立刻叫來店員結帳。時間還不到一個小時，所以不免有些不過癮，但是只要利用其他機會彌補就好。

「那麼我去結帳，委員長你們先出去找個地方……我想想，就在停車場附近等我。因為我會花『一點點』時間。」

「了解。新奈，別太逞強了。」

「新奈仔，動手吧！」

雖然不知道結帳究竟需要努力什麼，但是總之先依照新田同學的吩咐下了樓梯，在位於店家下方的停車場等待……先假裝是這樣再折回到店門口，觀望新田同學的動向。

只見新田同學慢慢靠近開心談話的高中生情侶。

男生表情痙攣。女生則是一頭霧水。

男生意圖辯解，對著新田同學不知道說些什麼。

啊，這時新田同學把藏在身後的「某個物體」拿到男生眼前——看到這裡的我們便依照約定，回到她指定的地方。

由於我們中途離開，所以完全猜不到新田同學對他做了什麼。但是我們認為如果這樣能讓新田同學心情舒暢一點，應該就是好事吧。

過了一會兒，在各方面都「算完帳」的新田同學來了。

「新奈仔，怎麼樣？」

「嗯？沒有怎麼樣啊。我只說了『如果你敢再招惹我的朋友，我也會用上至今的一切回敬你』而已。還有杯子裡的水我自己一口氣喝光了。」

「這樣啊。那麼我們回去吧。」

「嗯。可是在這之前，要不要去一下上次那間便利商店？雖然剛吃過東西，可是感覺肚子還空空的。所以呢，委員長，三人份的肉包套餐就麻煩了。」

「加上我自己是八百圓＋稅……是沒關係啦。」

雖然覺得被她招待的金額到頭來幾乎全都抵銷了，不過相對的在其他方面有確實還款，所以這樣應該沒問題吧。

家庭餐廳的甜點雖然很棒，但是總覺得路上經過便利商店買來的便宜肉包和咖啡，對現在的我們來說也十分美味。

3. 滿是第一次的日子

新學期開始後總是有些慌亂的周遭，到了一月底也變得穩定許多。

我和海還是一如往常，起初大家還覺得稀奇，但是變成每天的常態之後，也就成了班上熟悉的風景之一。

我也已經完全適應在新的座位展開的日常生活。

「哼哼～欸欸，海，轉眼間就快二月了呢。」

「是啊。一年級也只剩一個月多一點。」

「真是的，海就是愛裝傻～妳說得也沒錯，可是說到二月就會想到那個吧？妳想想，那個啊。」

「二月……啊啊，是啦，妳說得對。嗯。」

從眼前的天海同學與海的對話聽來，多半是在說情人節吧。和上個學期不同，第三學期沒有期中考，所以這也是會讓學生（主要是男生）心浮氣躁的時期。

「說到這個，阿夕妳們到去年為止的情人節是怎麼做的？妳們就讀女校，所以是送友情巧克力嗎？」

「嗯。放學後和要好的女生聚集起來一起做來吃，還會分給班上所有同學。其中也有人會帶非常好吃的巧克力，所以我們還滿期待的。只不過我們做的是木炭，所以只靠自己想辦法吃完就是。」

「喔？怎麼啦，好朋友？有意見的話我洗耳恭聽喔？」

我一邊想起海也曾經是「這樣」一邊思考當天的情形。

對以前的我而言，二月十四日只不過是外界發生的事情，但是今天有了海，所以肯定會參與其中吧。

共度聖誕節，新年也一起過……既然如此，情人節與一個月後的白色情人節也不可能會放過。

「先不說委員長和朝凪，我們要怎麼辦呢？記得十四日是週六，學校放假吧？」

「啊，聽妳這麼一說……真的耶。」

我當然也事先查過，今年的情人節是假日。

我跟海無論假日還是平日都沒有差別，但對於不是這樣的人來說就差很多了吧。

證據就是坐在我前面的望格外在乎天海同學等人的談話。

「……鬬，抱歉了。我們沒有力氣特地提前在平日送人情巧克力。」

「用、用不著啦。而且我好歹在控制糖分，不只是巧克力，目前甜食全部禁止。」

「這樣啊。先不說全班同學，但是對於眼前的四個人，我是打算表達平常的感謝，好好送出巧克力的……不過既然不能吃就沒辦法了。」

「啥……！」

天海同學的發言讓望驚訝地瞪大眼睛。

既然天海同學每年都會做友情巧克力分送，所以只要稍微想一下，應該不難想像望也列入對象之中……但是既然他說因為限制糖分沒辦法吃，也不能立刻收回這句話。

「望，就算你自己不能吃，我覺得也可以為了給智緒學姊或是家人收下啦。而且就算限制糖分，吃個一兩口應該沒關係吧。」

「……不、不對，不用了。把難得做好的巧克力送給別人，對做的人不好意思。」

我有自覺轉得很硬，仍然試著幫他找下台階，但是望似乎決定拒絕天海同學的巧克力。

哪怕是人情巧克力，天海同學終究只送給我們四個人，所以這是她明確承認屬於朋友的證明，望收到想必也會很開心，內心肯定想要得不得了。

……望在意外的地方也挺頑固的。

我決定讓踏著搖搖晃晃的步伐走向洗手間的望獨自靜一靜，之後就是當天的行程要怎麼安排。

「海，這種事由我來問也不太對，不過……這個，當天要怎麼辦？根據妳們的說法，好像要自己做巧克力。」

「嗯、嗯。去年無論我還是夕，都因為忙著準備考試沒辦法做，所以希望今年也可以和新奈三個人一起做。」

「呵呵，海，今年妳可要超級努力，讓真樹同學吃到又甜又好吃的巧克力才行喔？」

「不，阿夕，這種時候反而要苦的吧？他們兩個在一起本來就已經甜到蛀牙，要是連巧克力也是甜的，說不定胃會負擔不了喔？」

「妳們少囉唆……今年我一定要一個人做出像樣的巧克力。真樹，雖然日子還早，不過你就懷抱期待等我，知道嗎？」

「嗯。那麼下下週的週六我會在家裡等海。」

海顯得相當起勁，所以我或許應該做好覺悟，「等候時間」有可能會變成長期抗戰。

不管怎麼說，這是我第一次過像樣的情人節，所以我會按照她的吩咐，滿懷期待地等待收到，而且我覺得無論做得怎麼樣，都要誇獎海的努力。

要準備好特別甜的飲料。

「唉～好好喔～好好喔～真樹同學跟海接下來有好多開心的事。首先就是情人節吧？然後下個月是白色情人節，再下個月不就是海的生日嗎？事件琳瑯滿目嘛。」

「……嗯？」

我差點聽漏了，但是總算勉強來得及。

二月是情人節，三月是白色情人節。

然後四月是海的生日……

「我說啊……海同學？」
「啊～……說到這個，我也許忘了說最重要的事。」
我立刻轉頭看向身旁的女朋友，發現海似乎也忘記把生日告訴我，露出尷尬的表情。
「嗯。就像剛才夕所說的，我是四月出生的。四月三日白羊座ＡＢ型。真樹呢？」
「我是八月六日，獅子座ＡＢ型……等等，這個不重要。」
我的生日還早，但是海已經近在兩個月後。
情人節我只是收巧克力，而且關於白色情人節我也隱約有些想法，但若是生日又是另一回事。
畢竟還有時間，而且也有想珍惜海的心意，但是我缺少一樣東西。
「……欸，新田同學。我想新田同學說不定知道些什麼，所以想問妳。」
「怎麼了？委員長竟然有事要我幫忙，挺稀奇的嘛。」
「就是——」
為了海的生日，無論如何都需要的東西。
那就是用來購買海的生日禮物所需的錢。
自從聖誕節之後，除了人際關係以外，我周遭的環境也有所改變。
說得直接一點，就是前原家的財政。
在這之前，講好到我十八歲為止爸爸都會付養育費。包括眼下的生活費、學費，以及其他各種開銷，都有比當初說好的數字更多的金額匯到我名下的存摺（由媽媽管理）。但是根據媽媽的說法，在那之後他們討論決定取消養育費，已經收下的錢也只保留上大學所需的最低限度費用，等到我高中畢業之後，包括現在爸爸已經匯過來的生活費在內，都要全部還給爸爸。

「我們的生活由我們自己想辦法，所以希望爸爸不要再插嘴」對於媽媽的這個要求，聽說爸爸也是心不甘情不願地答應，因此現在的前原家全靠媽媽的薪水支撐。

媽媽不分晝夜努力工作，所以坦白說，只要不是特別浪費，幾乎不會壓迫到生計，媽媽還說會維持我現在的零用錢制度。

「……可是即使現在不要緊，要是有什麼萬一……例如媽媽遇到意外或生病，真的沒辦法工作時，可能會有困難吧？所以我想到如果是用在自己的興趣之類的錢，最好還是想辦法自己賺。」

「所以你想趁現在打工？」

「……嗯，差不多是這樣。」

「這種事情小孩子別在意」媽媽還是老樣子，但是站在小孩的立場，只覺得五味雜陳。

「真樹，如果你擔心錢的問題，不用在意我喔。我只要能和真樹在一起，約會地點選在哪裡都無所謂，而且打扮也是只要花點心思……」

「海，謝謝妳。可是我覺得錢果然很重要。」

我正在思考關於生日禮物的事。

我認為海說得沒錯，哪怕沒有錢，只要多用點心思，而且如果是我們兩個人一起用心構思，相信這個過程本身也一定會變成開心的回憶。

然而這終究應該是在許多選擇當中，用來把紀念日過得更開心的心思。倘若精神受到經濟層面束縛導致沒有閒情逸致，是不是無論如何都會覺得拮据呢？

……當然了，這也是我第一次為她過生日，所以希望在挑選要送給海的禮物時，盡可能不要太在意預算，這才是最重要的理由。

附帶一提，媽媽給我的零用錢幾乎全花在想跟海一起玩而買的遊戲和漫畫上，錢包裡只剩下一成左右。

至於遊戲內容當然非常滿意，而且年初那陣子我也跟海玩這個遊戲玩得很起勁，所以從這個角度來看，肯定是買對了。

不過或許還是應該多留一點啊。

「這樣啊……好吧，打工本身不是壞事，而且我覺得會是很好的經驗，所以如果真樹說要做，我也會支持……不過該怎麼說，要不要緊啊？如果是高中生能做的打工，應該說能做的種類有限嗎……對吧？」

「就是說啊。我也不曾打過工，所以不敢大言不慚，不過打工總讓我有種印象，就是幾乎都得應付客人……欸欸，真樹同學，你現在跟不認識的人說話，沒問題嗎？」

「這個……我有打算努力啦。」

從偶爾放進信箱的廣告傳單來看，打工幾乎都是以服務業為主，所以我也能明白海她們的擔憂。

現在的我終究只是待在自己人的圈子裡，所以才能正常說話，但處在其他情形時，我就會像隻借來的貓一樣安靜。

職場眾人的年齡層五花八門，客群也是從小到大都有……我面對這些完全陌生的人們，能不能好好溝通呢？

「順便問一下，新田同學現在做的是什麼樣的工作？」

「我？我在距離這裡一站的藥妝店負責補貨和收銀台之類的工作。因為沒什麼客人，所以基本上很閒，但是偶爾遇到麻煩的客人可能會有點不耐煩吧。那裡排班很自由，時薪也不差，而且一起值班的阿姨人又超好的，所以我覺得還不錯啦。」

「喔……再問一下現在還有徵人嗎？」

「不知道耶。記得店門口還貼著徵人的單子，可是畢竟店長很健忘啊……如果你有興趣，我先幫你問問看吧？」

「嗯。那就拜託妳了。」

「ＯＫ。店長現在正好在值班，我馬上打電話問問看。」

我也可以自己去尋找並應徵，但是比較想要有人幫忙介紹，而且從新田同學所說的情形聽來，條件似乎也不差，所以作為第一次打工的地方應該頗為理想。

……當然了，前提是對方還在徵人，而且我在面試之後能得到錄用。

「真樹，要不要現在先練習一下面試？我家老哥(尼特)有買了沒用的全新履歷表，所以之後只要找個地方拍大頭照就好。」

「啊，這樣好像很有意思。那麼我來演面試官喔。嘻嘻，前原同學，請問你到底是說了什麼話，來向你身邊這個很會照顧人的女朋友表白的呢？包括當時的情形在內，希望你詳細告訴我。」

「什麼工作才會問到這種問題啊……」

在新田同學打電話向打工的店詢問時，為了打工所做的準備（主要是由海與天海同學主導）也在一步步進行。

雖說只是學生打工，但是需要考慮①看徵人廣告預約面試②好好寫完履歷表並帶去接受面試③收到雇主的錄用通知，這才總算能夠在職場工作——這麼一想，就覺得即使是一些看似簡單的事，其實要做的事意外得多。

我看似懂得人情世故，其實仍是個沒見過世面的小孩子。

「啊～好的，是。我的朋……不，是認識的人在找打工，我想是不是還在徵人，所以打電話問問……好的，啊啊，是這樣啊，我明白了。那麼傳單我下次上班時會撕掉。好的，那麼辛苦了。」

……也知道工作不是那麼容易就能找到。

「聽起來似乎沒在徵人？」

「據說是這樣。聽說直到前陣子都還在徵，但是不久之前有新人進來。」

新田同學的電話講到一半，聲調就逐漸降低，讓我早已察覺到事情沒這麼巧。

於是打工的問題暫時以觸礁作收。

「真樹，生日的事不用擔心，打工之後慢慢找吧。錢當然也很重要，不過學生的本分畢竟是念書，而且真樹也有『在學年末考試考進全學年靠前的排名』這個大前提的目標。」

「就是說啊，真樹同學。海的生日到了明年、後年都還有，但是能和寶貝女友在同個班級度過的一年，就只有現在了。」

「……這麼說也是。」

我不打算因為打工就疏忽學業，實際上現在也在努力，但是受到職場的情形影響的可能性也不是零。

今年的生日就在現況允許之內盡可能去做，到了比較有餘力的下一年，再把前一年的分一起算上，將對海感謝的心意和證明好好送給海就好。

成了男女朋友後的第一個生日固然重要，但也需要思考海希望我以哪方面為優先吧。

「……嗯，知道了。謝謝妳，海。那麼今年我就恭敬不如從命嘍？」

「嗯，好啊。不過如果你之後找到條件很好的打工又順利錄取，也許我會改變心意就是了……然而就算不是這樣，我只要真樹在一旁為我慶祝就足夠了。相對的，當天我要你一直陪著我。」

「這樣啊。那就這麼辦。」

「嗯。嘻嘻，說定了。」

雖然還不知道下下個月海的生日會怎麼過，但是我希望她能一直露出平靜的笑容。就像現在在我面前這樣。

「……欸，阿夕，直到剛剛都是在說打工的事，但是他們到底讓我們看了什麼啊？咦？該不會是在挑釁我們吧？」

「啊哈哈，搞不好真是如此。畢竟我們沒有能為我們的生日考慮這麼多的男朋友嘛。」

「「……對不起。」」

雖說要光明正大地在一起，但是不顧旁人感受盡情打情罵俏，似乎還是不太妥當。

看到天海同學與新田同學傷腦筋的表情，以及正好從廁所回來的望有點傻眼的模樣，我的臉瞬間變紅。

「……海，剩下的等到放學後再談吧。而且今天正好是週五。」

「嗯、嗯。也對。畢竟今天會一起待到很晚。」

我與海結束先前提到的話題，專心上放學前的課。

放學後在天海同學等三人的數落之下，我們一起放學回家，在我家度過一如往常沒什麼變化的週五。

「真樹，乾了的衣服放這邊喔。」

「嗯，謝謝。這邊的打掃也快結束了，掃完後就來玩玩遊戲，悠哉待到吃飯時間吧。」

「ＯＫ。那麼我去泡咖啡，借用一下廚房喔。」

自從我們成了男女朋友後，就不再區分是星期幾，有事沒事就會到彼此的家裡，但是只有週五，我們一直像以前那樣度過。

兩個人懶洋洋地窩在客廳的暖桌或沙發上玩遊戲，肚子餓了就從放在家裡的那間常叫的外送披薩店傳單，看心情點個幾樣東西，邊吃邊看租來的ＤＶＤ，或是玩家裡現有的對戰遊戲，不時互相叫囂。

雖然一起度過的時間變多，但是朝凪家的雙親同意我們可以像這樣玩到很晚的日子，還是只有週五。所以這麼一來，一個月只有四次或五次的這個時間，在我們已經成為男女朋友的現在，依然非常寶貴。

我已經先行打掃完畢，所以在暖桌裡溫暖變冷的手，海便很自然地湊到我身邊。

我們還是「朋友」時多少有點在乎距離感，但是現在已經幾乎是零距離。

「真樹在看什麼？這是我們常點的那間店的傳單嗎？」

「嗯。菜單似乎更新了，所以我想先看一下。」

這家披薩店似乎只在當地有幾間分店，但是推出新菜單的頻率媲美大型連鎖店，價格又便宜，而且產品種類很多，很對我們的胃口，所以已經完全成為我們週末的良伴。

機會難得，我們決定吃吃看新的菜色，所以副餐挑了薯條、炸雞、沙拉等一如往常的陣容，而在披薩方面冒險一下。這間店的新產品都還滿有個性的，坦白說實在有好有壞，但是偶爾像這樣嚐試也很開心。

披薩火箭城東站前店——電視表示最近哪裡的景氣都不太好，但是身為常客，還是希望這家店努力撐下去。

「好了，要點的東西也大致決定了，配合時間打個電話……呃，海一直在看菜單，怎麼了嗎？還有什麼想吃的嗎？」

「不是，吃的完全沒問題……可是有個地方有點在意。你看這裡，在店家聯絡方式旁邊的一小塊。」

「呃，我看看……」

於是我定睛看向海所指示的地方。

「披薩火箭城東站前店　誠徵工作人員」

① 歡迎學生、兼職、自由業者。高中生可。

② 排班可討論。每週一天起，短時間亦可。

③ 工作內容：店面清潔、服務顧客、備餐等。若有駕照也可安排外送。
④ 時薪依能力而定。
⑤ 職場氣氛溫馨。聯絡請洽店面。（負責人：榊）

「……這個。」
由於寫在角落的一個小空間，所以我未能發現，不過這是不折不扣的徵人。
雖然工作內容和時薪等非確認不可的項目很多，但是排班可以不影響學業，也接受高中生──因此我也滿足條件。
平常都是以客人的立場打電話，要我為了不同的目的聯絡不禁感到有點退縮……不過這個似乎還不壞吧。
「海，我說啊。」
「嗯，趁點餐的時候順便問問看就好了吧？畢竟明天和後天學校也放假，也可以趁這個期間準備需要的東西。」
既然確實獲得海的許可，我立刻點餐，順便和店家聯絡。
就是這樣，週末結束後的週一。
由於是週五提起的打工話題後續發展，我決定把上週五的事說給其他幾個朋友聽，當成是跟他們商量。

「喔～那麼今天放學後就要去面試啦？好快喔。」

「嗯。聽說之前的短期兼職人員不幹了，所以需要補人。」

我試著打電話過去，結果對方說還在徵人，所以很乾脆地預約面試時間。

由於徵人還挺急的，對方說今日就面試，要我放學後立刻過去。因此今天我從一大早就很忙，要向校方提出打工申請，還要檢查趁假日急忙寫完的履歷表。

「啊，這該不會就是真樹同學的履歷表吧？……呵呵，新奈仔妳看，真樹同學的大頭照拍得好僵硬喔。」

「真的，真好笑。太過緊張搞得連嘴唇的形狀都很奇怪耶？只不過是拍大頭照，就像拍學生證的照片時那樣正常拍不就好了？」

「這點我知道……不過這種事還是第一次，所以不由得緊張起來。」

確定面試的隔日，我在附近超市裡那種拍一次幾百圓的證件照機台拍照，表情緊張到看一眼就能明瞭。然而我已經重拍了兩三次，選出看起來最好的一張。

拍失敗的照片原本打算丟掉，但莫名全被海拿走了。說是以防萬一先保管起來。

履歷表則是跟海兩個人邊商量邊寫，內容有請空伯母還有媽媽兩位檢查，到了前一天還請她們幫我練習面試，然後得到她們各自的評價。

「（媽、空伯母）……凡事都是經驗，總之努力試試看吧。」

大概就像這樣，練習之後感覺表現不太好。

「真樹用不著擔心，只要像練習時那樣應答就好。只不過是學生的短期兼職，就算沒錄取也沒關係。」

「就是啊。委員長要去應徵的地方，看徵人廣告似乎挺通融的，但老姊也說過餐飲業偶爾會遇到那種進去之後才知道完全是黑心企業的地方。」

據說是店長的負責人在前兩天聯絡時說過幾句話，但是只聽這幾句話，老實說看不出內部是否正常。

因此只能盼望是好的工作環境。

「唔唔唔……除了我以外，大家都好厲害喔。新奈仔跟真樹同學有打工，關同學有社團活動，海則是修新娘學分……和每天只是發呆度日的我大不相同。」

「會嗎？我覺得那只是大家各自覺得有需要才這麼做，夕沒必要因為什麼都沒做就著急啦。至於妳說到修新娘學分這件事，晚點再跟妳好好『談談』。」

其實最近海開始向空伯母學習所有下廚相關的事，這點要對其他人保密，不過天海同學（儘管在海無言的壓力下轉過頭）會這麼想的心情我也能夠體會。

相較於大家各自選擇自己想做的事（姑且不論是不是真的必須做）而前進，會覺得只有自己被團體拋下，不由得感到焦慮。

哪怕那只是錯覺，哪怕大家實際上都只想著眼前的事。

「那麼這是個好機會，阿夕要不要也當成是累積社會經驗，找個地方試著打工呢？可以正常在家庭餐廳當服務生，或是去女僕咖啡廳把錢從委員長這種阿宅手中騙走。」

「……新奈，不要把別人的好朋友帶去做那種生意。」

「開玩笑的啦，開玩笑。而且我目前也沒有那種管道～」

「女僕……天海同學，女僕裝……」

「……望，你的心聲連我這邊都聽見了。」

話說回來，如果是天海同學，總覺得想必會立刻成為店家招牌……不過有這麼引人注目的外表，來搭訕的人肯定會比以往更多，多半會搞得很麻煩。

「啊哈哈……不過就算我說想打工，媽媽多半也不會答應就是了。畢竟她平常就說學生時代好好玩『也是』工作之一～」

「玩『也是』對吧，夕？不是『只有』或『才是』。」

「唔～這點我當然知道，海好壞心～」

也就是說天海家在經濟方面還挺有餘力的吧。

根據海的說法，天海同學的家「勉強算平民。意思是比一般家庭高很多」既然這樣，就沒必要勉強讓她累積社會經驗。

社會的蠻橫等到變成大人再去體驗就好——這是大地伯父說過的話，看來天海同學的雙親或許也有同樣的想法。

……只是若要實現這一點，還是需要一定程度的金錢，這就是最辛苦的地方。

時間來到放學後，我在四人的目送下前往店家接受打工面試。

今天的我不是顧客，而是來面試，所以得好好轉換心態，不能露出平常打電話的態度。

「真樹，你要好好應對喔。履歷表之類的有沒有忘記帶？」

「嗯，沒問題。海感覺好像我媽。」

「像真咲伯母那樣嗎？會嗎……可、可是，因為我還是擔心真樹嘛。」

我和天海同學、新田同學以及望等人在教室道別，結果海還是要陪我走一段路。直到剛才那堂課為止都很緊張，心浮氣躁無法鎮定，然而現在已經完全切換狀態。

我的表情隨著時間接近漸漸僵硬。看到我的模樣，海簡直當成自己的事，比我還擔心。雖然不是這種時候應該想的事，但是她這樣的一面也非常可愛。

「那麼海，我去去就回。」

「嗯，慢走。今天我就先回家了，不過結束之後要跟我聯絡喔。」

「了解。」

我們牽著手一路走到岔路，然後在過了高架橋下方的路口分開。

我突然在意起她，回頭只見海多半也同樣在意我，看著我輕輕揮手的模樣，讓我覺得有點好笑。

我跟海在這種地方真的很像。

「……好，那麼就去看看吧。」

看著海的身影得到鼓勵後，我久違地走向常去的外送披薩店，披薩火箭城東站前店。

我已經很久沒過來店裡，不過剛烤好的麵團、起司，以及其他香料等等的氣味交雜在一起，這間店特有的氣氛還是和以前一樣。

「啊，您好，歡迎光……咦？該不會是前原同學吧？又沒有促銷卻跑來店裡，還真是稀奇呢。」

「妳……妳好，平常承蒙照顧了。」

平常負責送餐到我家的熟面孔女性店員在收銀台招呼我。

根據外送時配戴的名牌，記得她的名字是中田泳未吧？至於年齡大概比我們大一點，所以多半是大學生。

「這個，其實我今天不是來點餐，而是來面試的。為了打工……請問店長在嗎？」

「嗯……啊啊，這麼說來店長吩咐過『今天有面試，到時候麻煩妳顧店了』喔。欸～店長～！要面試的新人來了，要怎麼辦～？」

中田小姐一邊大聲呼喊，一邊走進廚房。

我拿著履歷表站在原地等候，看似店長的健壯男性便從中田小姐消失的地方走出來。

「你好，幸會，前原同學。我是這裡的店長榊。辦公室已經整……準備好了，我們就在那邊簡單面試一下吧。」

「好的，麻煩您了。」

我先是鞠個躬，便在店長的帶領下經過收銀台與廚房，走進牌子上面寫著「更衣室兼辦公室」的房間。

「抱歉，最近有點忙，沒怎麼整理。請坐那邊的椅子。」

「好的……」

例行業務一忙起來就會變成這樣嗎？大約一、兩個榻榻米大的狹小空間裡，放著用來處理事務工作的電腦、文件，裝有備用制服和廚具的紙箱等等，擠得滿滿的，光是放我坐的椅子就已經沒有地方落腳。

我想餐廳的辦公室差不多都是這樣，但是親眼目睹還是覺得很不得了。

「那麼可以先讓我看一下履歷表嗎？」

「好的。這個……麻煩您了。」

「哪裡。呃～你是常客，所以名字和高中就不用了……還是問問你應徵的理由吧。啊，當然了，你老實回答就好。像是剛才招呼你的中田小姐就堂堂正正地宣告『為了玩樂所以想賺錢』。」

「啊哈哈……那我就恭敬不如從命了。」

我請店長看履歷表，然後回答幾個問題。

包括應徵理由，以及如果獲得錄取會想如何排班等工作條件，到高中現在流行什麼等閒聊都有。也因為店長和善的說話方式，讓我不怎麼緊張，儘管過程中有些結巴，但我還是能夠好好應對。

這也全都是多虧了把難得的週末假期花在陪我練習的海。

之後我們也繼續摻雜輕鬆的閒聊，大約過了二十分鐘後，店長似乎覺得問得差不多了，點頭說道：

「——好了，雖然有點超出預計的時間，但是這樣面試就結束了。如果錄用會在近日用電話聯絡。除此之外的情形會把履歷表寄還給你，請你稍等一下喔。」

「好的，謝謝您。」

我再次深深鞠躬，和店長一起走出辦公室，鼻子聞到正好出爐的披薩香氣。那是中田小姐正在處理顧客點的餐。

一雙大眼睛直直看著我。

「喔，辛苦了。話說面試怎麼樣？錄取了？會錄取吧？新的夥伴。欸欸店長，怎麼辦？你有什麼打算？」

「不不不，我們才剛談完，沒辦法這麼快就做決定……啊，對了，前原同學，難得你過來，吃點我們的產品再走吧。這是計畫下次推出的新產品，我也想聽聽年輕人的意見。而且你又是常客。」

「啊，好的，如果是這樣的話。」

我聽從店長的吩咐來到店內的用餐區，品嚐幾款由中田小姐料理的（預定）新產品。

雖然似乎還是試作階段，不過這家店還是老樣子，非常有企圖心。像是名為烤咖哩披薩，把包含米飯在內的所有食材都放到餅皮上的披薩。或是兩個一般披薩中間夾了巨大漢堡排的漢堡披薩等等，「這些放到披薩上會很好吃吧？」諸如此類像是國小的小朋友才想得出來的菜色。

……不過實際試吃的感想，卻是「真的太好吃了」就是了。

我的味覺也很接近小孩子，所以沒有辦法。

「對了，前原同學在談應徵理由時，也多少提到錢的問題，但是坦白說，應該還有別的理由吧？說來失禮，關於家庭情形我也聽你說過，不認為那是在說謊就是了。啊，當然了，這點不會影響錄取與否，你放心吧。」

當時我舉出我跟海想到的應徵理由之一——「想盡可能減輕家計上的負擔」然而還有個最重要的理由。

雖然店長要我老實說出來，但是真心話和場面話還是應該分開看待，這樣一想，這個選擇就非常令人煩惱。

「……呃。」

說聲沒有什麼別的理由，應該是最保險的。

但是我總覺得這對特地為我在百忙之中騰出時間面試的店長過意不去。

「……是的。其實女朋友四月生日，所以我希望能自己賺到買禮物的錢……」

「喔喔，原來前原同學有女朋友啊。現在這時期肯定覺得她可愛得不得了吧。」

「這個嘛，是啊。非常。」

結果我還是說出最重要的理由。好吧，為了以學業為優先，我本來就希望排最少的班，所以多半已經被店長看穿了吧。

「原來……那可得努力工作才行了。」

「是啊。這輩子第一次工作，所以坦白說，我現在很擔心自己是否真的能夠勝任。」

即使如此，我還是不由得想看到她開心的表情。

看到我臉頰發熱地如此回答，店長揚起嘴角。

「是嗎是嗎……哎呀～好青澀啊。明明不關我的事，聽著聽著都覺得害臊起來。」

「哪裡，我才要說不好意思。本來不應該說這種事的。」

「哈哈，也許吧。不過我們店裡包括這種事在內都挺自由的。對吧，中田小姐？」

「是啊～我和你們不同，沒有配偶也沒有男朋友，所以不太清楚就是了。只是店長也差不多該回到自己的崗位了吧。我現在要去送餐了。」

「好好好，知道了～」

於是店長重新穿好制服圍裙，和中田小姐交接業務，處理供餐工作了。

也因為已經接近傍晚，店裡有些忙，看起來挺辛苦的，即使如此，既然是中田小姐和店長，我發現自己會想和他們一起工作。

「……那麼店長，還有中田小姐……今天承蒙兩位照顧了。先不論是否錄取，我還會像平常那樣點餐的。」

「喔，謝謝惠顧。那麼到時候再送去給你。」

「每週光顧真的非常感謝。我們店真的很少有常客，所以像是前原同學這樣的客人十分寶貴。今後也要請你多多支持了。」

「好的，我才要請兩位多多指教。」

於是我多次鞠躬行禮，並感謝他們讓我試吃新產品，然後本日的任務就此告一段落。

接著就在當天，我正式確定被披薩火箭錄取。

接到錄取通知的幾天後，今天終於是我第一天上班，所以放學後前往打工的店裡。

關於排班，我請店長幫我排週五以外的平日一天，以及週六或週日再一天，每週合計兩天。至於時薪只比地方規定的最低薪資好一點點，但是相對的，店長表示我的排班可以更加自由。

「呃……早、早安！」

「嗯，早啊，前原同學。從今天起就不只是顧客，還要請你以員工立場做出貢獻了。來，這是我們店的制服。現在中田小姐正在換衣服，等她換完再去換吧。」

「我明白了。從今天起也請多多指教。」

我把裝在袋子裡的全新制服夾在腋下走到店的後方時，正好換完衣服的中田小姐從更衣室裡走了出來。

她有一頭清爽的短髮，身材苗條。看她送餐時不會特別想到，但是這麼一看就覺得中田小姐也是相當漂亮的女性。

「唔！喔，你來啦，真樹。從今天起我們暫時會一起排班，由我一步一步教你各種工作。我會很嚴格的，你可要有覺悟喔？」

「好、好的。請多多指教，中田小姐。」

「叫我泳未就好。難得我們以後要一起工作，放輕鬆一點。我以後也會像剛剛那樣直呼你的名字。」

「呃，那麼我叫妳泳未學姊。」

「喔，聽來不錯嘛。那麼以後就這麼叫吧。來，現在就先快去換上制服。」

她往我的背輕輕一拍，於是我走進更衣室。我所使用的置物櫃也已經確定，於是我將自己的書包和制服放進貼有「前原」名牌的櫃子裡，穿上店裡的制服。

「……嗯，差不多就這樣吧。」

穿上有新衣服氣味的制服，戴上事先放在置物櫃裡的黑色帽子後，用房裡的小穿衣鏡檢查自己的模樣。

這一切的體驗都是第一次，所以感覺很突兀，不過相信工作一陣子後，對於這些也會漸漸習慣。凡事都是經驗。

「——久等了。再次請妳多多指教，泳未學姊。」

「嗯。那就先從簡單的事開始吧。」

於是在製作餐點與服務客人以前，她先教我打掃店裡與補充食材等工作。

實際試著工作才會知道，即使是看似簡單的工作，一旦要做得確實，就非得詳細確認不可，辛苦的工作也很多。

保養油膩膩的廚具、除蟲措施、處理垃圾等等，只是稍微做一點，時間就過去了。

這些工作幾乎每天都要做，而且同時還要兼顧服務顧客、備餐、備料等工作，找出空閒時間去做……這個工作的確很辛苦。

「眼前要請真樹做的工作，一開始的流程大概是這樣吧。上班後要利用一開始的三十分鐘大致完成店內的清潔工作。打掃完畢後趁著白天準備變少的食材，再來就是應對叫外賣的電話，還有要請你面對直接來店裡的客人。起初光是打掃和備料多半就會忙不過來，不過等到習慣之後，包括備餐之類的在內就能一一兼顧。我之前也是這樣。」

「……好的，我、我會努力。」

據說二月裡泳未學姊都會和我一起排班，教導我各種事情，不過等到三月之後就會分開值班，所以我得牢記工作手冊才行。

……工作這回事真的很辛苦。

總之今天要我備料，所以我請泳未學姊教我如何使用備料用的廚具，並逐一完成一點一點交付的工作。

「泳未學姊，這個這樣可以嗎？」

「嗯。喔～我還以為高中生根本沒好好握過菜刀，但是你的刀工滿不錯的。莫非平常就會自己下廚？」

「是的。因為家母平常很晚回家。」

「這樣啊，真了不起～我回到家就完全不想動，每天都是吃現成的東西。欸欸，下次放假來我家做菜嘛～我會多給你點酬勞的～」

「啊哈哈……除了上班時間以外的事，不好意思恕我拒絕。」

「喔，怎麼～這小子也不想想自己是學弟，這麼囂張～」

我似乎是泳未學姊在這間店裡的第一個學弟，她很積極找我說話。

起初說話時還覺得她的個性友善……她很親切地指導我，所以我只有滿心的感謝，然而即使如此，總覺得她從剛才就有很多身體接觸。

我有點不知所措，不知道大學生這樣是否正常。

也許是我適合自己默默進行的工作，花了一個小時左右便完成備料，所以接下來就在中田小姐與店長旁邊看著他們備餐。

「基本上店長有製作所有產品的製作說明，但忙碌的時候還要邊看說明邊做，就會應付不來，所以只能在製作過程當中學習。啊，別擔心，就算出了點小失誤，忘記放一些配料，只要放上滿滿的起司基本上都不會被發現。」

「中田小姐，這種事請挑我不在的時候講……不過我偶爾也會這樣就是了。前原同學，不可以被壞學姊影響喔。」

「是、是……」

兩人一邊說笑，一邊俐落地製作顧客點的產品。披薩餅皮已經事先依照尺寸切好，把隨客人點餐而不同的醬料和食材放上去，然後放進專門用來烤披薩的爐子裡。烤的時候去做其他的副餐，並將剛做好的產品與明細交給負責外送的人。

「好，這樣就可以了。我們店雖然菜色很多，但是暢銷品項不是那麼多。我想你可以先只挑主要產品記住，其他一邊看說明一邊記就好。」

「是啊。這樣比全部死背要輕鬆，多半會比較好。」

等到下次上班再與中田小姐一起備餐，今天先專心記住廚房裡的多種披薩醬料與食材。

由於哪個位置放有哪種食材都是固定的，就像番茄放在冰箱①的上面右邊，羅勒則放在下面最左邊……就像這樣讓頭腦和身體習慣，以便於一接到點餐就能立刻動起來。

雖然我還不擅長和人相處，但不討厭這種記憶類的工作，所以我一邊盯著中田小姐與店長說明時所做的筆記，一邊先從記住什麼東西放在什麼地方開始。

「嗯～……因為無論如何時間方面都會受限，所以其實很猶豫要不要錄取前原同學……應該說是錄取高中生來打工……但是看來聽從中田小姐的意見是正確的。」

「對吧～？真樹雖然個性比較內向，但是使用菜刀很熟練，頭腦也不差。還有最重要的是有女朋友。這點還是必須給予肯定。」

「為什麼對有女朋友這件事這麼信任……？」

雖然搞不懂泳未學姊的基準，但是看來坦白說明事實，確實在好的方面發揮效果。

儘管店長說過「不會影響錄取與否」但也不能無視工作上予以肯定的中田小姐的意見。

社會基本上都很蠻橫，但是偶爾也會往好的方向發展。

這樣一想，就覺得社會也並非只有不好的一面。

顧客打電話點的餐全部準備完畢，三個人一起休息一下。

——叮咚。

通知有顧客上門的門鈴響了。

「啊，客人來得真巧。真樹，機會難得，你試著打收銀機還有招呼客人吧。一開始由我來，你先在後面看著。」

「好、好的。」

我跟在泳未學姊身後，從廚房走向收銀台。

「歡迎光臨～請問是外帶嗎？」

「歡、歡迎光……咦？」

由於是第一次招呼客人，我緊張地來到收銀台前，然而眼前是一群熟面孔。

「真樹同學，嘻嘻，我們來了。」

「喔喔，委員長好好穿著制服在工作，感覺好好笑。」

「……喲。」

對我來說的第一批客人，竟然是海這幾個平常就待在一起的女生三人組。

大家當然知道今天我要上班，所以我的確想過這種可能……雖然鬆了一口氣沒錯，但也有種期望落空的感覺。

「喔？怎麼啦怎麼啦？這幾個女生是真樹在學校的朋友嗎？」

「是的，她們三個和我同班……你們要來的話，跟我說一聲不就好了？」

「對不起喔，真樹同學，我想過打擾你上班不太好，但是我們都很在意……對了，旁邊這位是學姊嗎？好漂亮的大姊姊喔。」

天海同學像是要捉弄我，面帶笑容如此問道。

……還有從剛才就一直瞇著眼睛看過來的海好可怕。

「你們好～我姓中田，從今天起負責教導他。現在大學二年級，十九歲。順便說一下，目前正在徵男友。」

「咦，是這樣嗎？明明這麼漂亮……啊，原來如此，委員長，是這麼回事啊～說什麼條件好，結果是為了這個嗎？」

「不、不是，我確實早就認識中田小姐沒錯，但我不是因為這個才決定……」

「嗯？中田小姐？喂喂，真樹，不是才要你叫我泳未嗎？還是說你有虧心事呢～？」

「不，是這麼說沒錯，但是我覺得在客人面前，還是不要叫得太親近……」

看到天海同學開始胡鬧，新田同學還有敏銳的泳未學姊也都接連跟著起鬨。

「笨蛋。」聽到海這麼喃喃說了一聲，我莫名地感到心痛。

我明明沒做錯什麼事。

「總之既然來了店裡，請妳們乖乖點餐。來，這是菜單。」

「謝謝——海，來吧，難得來了，我們就請真樹同學幫我們烤吧。要選哪種？」

「真是的，大家都這麼喜歡鬧事……那麼我要照燒雞。」

「好的。我馬上準備，請妳們坐在那邊的椅子上稍等。」

我從三人手中收下餐點的費用，然後依照泳未學姊教導的流程結帳。雖然因為第一批客人是朋友導致氣氛比較隨興，不過因此可以慢慢來的經驗也很難能可貴。

「那麼備餐就請店長教你吧，我和這幾位閒聊……不是，我是說我來顧店。」

PIZZA ROCKET
ROCKET
PIZZA ROCKET
IZZA ROCKET

「閒聊也無所謂，顧店就麻煩了。」

雖然好奇她們究竟要聊些什麼，總之現在要工作。機會難得，尤其是天海同學和新田同學，我要讓她們變成我累積經驗的養分。

我先向店長說明情況，然後依照店長的指示製作餐點。

店裡已有依照尺寸切好的餅皮，所以之後就照店長教的放上醬料、食材，以及起司等配料，放進烤爐去烤。

「前原同學，起司好像有點放太多了。這次就當成是招待她們，不過還是要留意點。」

「好、好的。」

平常我只負責吃所以沒有發現，但是隨時都要留意食材用量並精準到以公克為單位，或是讓配料放得好看等等，需要思考的事情意外得多。

我請店長檢查成果如何，確實獲得認可之後，把披薩放到也會用來外送的那種已經很眼熟的紙盒裡，再把她們點的飲料一起裝進袋子裡，再次來到收銀台。

「久等了。這是您點的照燒雞披薩中號，以及零卡可樂三杯。」

「喔，來了啊。那麼我趕緊回去工作吧。真樹，之後就交給你了。」

泳未學姊和三人各自道別後，很快便回到廚房了。

（真樹，小海是個好女友耶，你可要珍惜喔。）

擦身而過之際，她把手輕輕放到我的肩上低聲說道。

該說泳未學姊真有一套嗎？她似乎已經跟海聊開了。

「……海，妳跟泳未學姊說了什麼？」

「嗯～要保密吧。真要說來就是女生之間的話題。」

「好吧，只要不是不好的事，那就沒關係。」

我答應下班後立刻聯絡海，和外帶的她們道別便立刻回到廚房。

「真樹，洋蔥有點不夠了，麻煩追加備料。」

「好的，我明白了。」

「前原同學，不好意思要你一邊備料一邊處理，不過我這邊的備餐也要麻煩你。你弄炸雞、薯條這類只需要油炸的東西就好。」

「了解。」

時間快到傍晚六點，店裡的電話響個不停。

我平日的班是到晚上八點，所以接下來還得努力一下。

「累、累死我了。」

我在生意比意料中更好的披薩火箭打完工，獨自快步走夜路回家。

似乎是因為一直繃緊神經工作到剛才，身體意外感覺有點熱，對於二月呼嘯的寒風也不怎麼在意。

繃緊的神經放鬆之後，我現在滿腦子只想躺在床上。

值班時間是十六點到二十點，大約四個小時，但疲勞程度不是在學校上一天的課所能相比的。

「雖然泳未學姊說過習慣就會變得輕鬆……不知道是不是真的。」

只要記住所有業務當中有哪些地方可以偷懶，多半遲早能夠做得很流暢，但是我今天所做的終究只是工作當中的一部分，下次上班也還有很多事情要學。

而且雖然今天沒有遇到，但是遲早得應對討人厭的客人，或是蠻橫的客訴……所以多半還得等上好一陣子才能成為職場的戰力。

『（前原）海。』

『（朝凪）喔。』

『（朝凪）辛苦了。』

『（朝凪）怎麼樣？』

『（前原）好累好想睡。』

『（朝凪）呵呵，這樣啊。畢竟你今天很努力嘛。』

『（朝凪）明天也要上學，趕快回家睡覺吧。』

『（前原）就這麼做。可是看樣子總覺得會累得睡過頭。』

『（朝凪）不用擔心。明天早上我去叫你起床。』

『（朝凪）真是的，真樹不管什麼時候都那麼愛撒嬌。』

『（前原）我們不是撒嬌同盟嗎？』

『（朝凪）啊，這麼說來也是，我們兩個都是。』

跟海聊著聊著，總算感覺因緊張而繃緊的身體漸漸放鬆。

今天不是週五，所以海的門限已經過了，但是像這樣透過訊息聊上幾句，我想找海撒嬌的欲望就愈來愈強烈。

好想待在海身邊，好好說些今天發生的事。

辛苦的事，意外耐人尋味的事，還有店長跟泳未學姊。

因為如果不趁今天說出來，一定又會說些「沒什麼大不了的」之類的話要帥。

現在就打電話給海吧——我一邊想著這件事一邊走進自家大樓的入口——

「——真樹！」

「咦？」

海似乎正在等我回家，一看到我，就像花朵盛開一般笑逐顏開，跑來我的身邊。

她似乎剛泡好澡，熟悉的洗髮精甜香撲鼻而來。

「真樹，歡迎回來。哇啊，你一臉很睏的樣子，還好嗎？」

「勉強。不對，在這之前，為什麼……」

「嚇一跳了？嘻嘻，其實是我把真樹打工的事告訴媽媽，她就叫我帶這個給你。是要分給你的。你正要吃晚餐吧？」

海解開手拿的包包，就看到裡面有好幾個保鮮盒，裝滿了多半是空伯母做的菜。有雞翅、燉蘿蔔、羊棲菜炊飯的飯糰，還有沙拉等等，年底待在他們家時也曾經吃過，每一道都是我對空伯母說過「好吃」的菜色。菜還是熱的，所以也不必用微波爐加熱。

「……我要吃。」

「嗯。我來幫忙準備，真樹趁這個時間去泡澡。畢竟你很努力，好像流了很多汗。」

「那我就恭敬不如從命，不過今天門限時間不要緊嗎？」

「也不是不要緊，不過至少今天就別在意了。你第一次工作，還做了不習慣做的事，想必一定很累，所以我想好好慰勞你。當然了，明天還要上學，所以不能過夜。」

「就算明天放假也不能過夜啦……」

話說回來，接下來多半能與海共度一小段時間，這點讓我相當開心。

回家路上一直感受得到的疲勞，也多虧了海變得輕鬆一些。

只不過終究只是「感覺」輕鬆，當然還是得好好休息，不然又會像前陣子那樣搞垮身體，所以我們不會順便玩遊戲。

「我回來了。」

「歡迎回來……不過我是別家的，由我講這種話也滿奇怪的。」

「這麼說也是……呵呵。」

我與海邊聊著這些話題邊回到家裡，海為我準備晚餐，我照海的吩咐先去泡澡。

在浴缸裡放滿水，然後脫掉衣服，隨手拿起內衣一聞，覺得除了平時的汗味以外，感覺還有店裡廚房的氣味。這也是努力的證明嗎？雖然會洗乾淨就是了。

「……呼。」

我在浴缸裡泡到肩膀，重重呼出一口氣。

白天一如往常上課，上完課後在打工的店裡忙到晚上，這應該是我這輩子做最多事的一天了吧。

這讓我重新對每天工作到很晚，而且有時候還加班到凌晨的媽媽感到尊敬。

……以後可得對睡過頭的媽媽再好一點。

「——真樹，毛巾和換洗衣物放在洗衣機上面。」

「啊，嗯。謝謝妳，海。」

「不客氣。飯菜已經準備好了，你慢慢泡完再出來。」

海踩著輕快的拖鞋聲回到廚房。

「……這種感覺真不錯。」

聽著浴室毛玻璃另一頭傳來的聲響，感覺心情變得非常安心。

如今的我不是一個人。有個人比誰都更把我放在心上，迎接我回來。

而且這個人是我好喜歡，喜歡得不得了的女朋友，所以我真的好幸福。

我用沐浴乳仔細清洗全身，再用洗髮精把有點長的頭髮好好洗乾淨。

「……說來我的頭髮也滿長的。」

洗去洗髮精的泡沫後，看了一下擋到眼睛的瀏海。

若是在平時，這點長度沒必要剪，但是考慮到打工的地方，多半還是早點去美容院比較好。只是我不喜歡被別人摸頭髮，所以若不是非去不可就不會去。

「——啊，好香。」

洗完澡之後換上海為我準備的睡衣，來到客廳一看，就看到海幫我準備的料理飄散美味的香氣，迎接空腹的我。

「喔，看起來清爽多了。料理正好準備完畢，我們一起吃吧。」

「一起……妳該不會還沒吃就過來了吧？」

「嗯。啊，我有先吃一點，不過想到真樹還在努力工作，就不想一個人先吃，所以吃得不多。不過剛才準備的時候，肚子變得愈來愈餓……嘻嘻。」

海做出摸肚子的動作，臉頰微微泛紅，露出靦腆的態度。

我本來覺得保鮮盒的分量稍微多了一點，不過也許是空伯母事先考慮到我們兩個人吃，所以多準備了一些。

證據就是剛好能放在兩人份的盤子上。

「……這樣啊。說得也是，我在海面前自己一個人吃也覺得有點寂寞，既然這樣就一起吃吧。」

「嗯！」

海為我重新熱過的料理再加上自己準備的速食味噌湯，我與海的簡單晚餐就此開動。

跟海吃飯的時候幾乎都是叫外送，所以在我家吃這樣的料理，感覺相當新鮮。

「這個好好吃喔。」

「對吧。肉入口即化，又是用醋煮的，所以滋味也很清爽。」

「而且也很下飯。嗯，這個飯糰也很好吃。」

「喔，是嗎？其實這個炊飯是我做的。雖然說是我做的，其實只是幫忙切點材料，調味和最後一道工序都是交給媽媽，烹調也全部交給電子鍋。啊，飯糰真的是我捏的喔。」

「原來是這樣啊。不過只要好吃我都不在意。」

「就算你說飯糰的形狀不好看，我也不會生氣喔？來，老老實實給個評價吧，不要逃避啊，喂。」

「呃～這個形狀，感受得到，愛吧……當然滋味也是。」

「好的，不及格。」

「好痛！」

我盡可能不說謊地擠出這個評語，卻被臉上彷彿戴著能劇面具一般，露出可怕笑容的海彈了額頭。

我發誓這不是在嘲笑她，而且聽到是海捏的之後，覺得更好吃了，這些都是事實。

即使交了女朋友，溝通果然還是很困難。

「真是的，別說傻話了，趕快吃吧。今天也得早點回家才行。」

「嗯，我今天也要早點睡覺。」

海說今天我不用像平常那樣送她回家，所以吃完飯後只剩準備睡覺。

工作的疲勞，加上吃了好吃的料理填飽肚子，感覺馬上就會睡著。

本來想見海一面聊聊天，也在吃飯時全都說了，今天已經沒什麼事要做。

「真樹，我差不多要回去了。」

「嗯。」

收拾好碗盤，為了讓肚子休息一下，在暖桌裡待了約三十分鐘之後，我送準備回家的海來到大樓入口。

「真樹，今天到這裡就好。」

「……嗯。那麼路上小心。」

走出門口，我們慢慢鬆開交握的手指。

我們每次都像這樣，只要跟海在一起，就會忍不住想要「再一下下」。

想多待在一起一下，想多牽手一下，想聊些無關緊要的事說說笑笑。

想多感受一下最喜歡的人的體溫，肌膚的柔軟，還有氣味。

太任性是不好的，這點我知道，可是。

「……海，這個，今天很謝謝妳。多虧了妳，我覺得明天又能好好努力。」

「呵呵，真樹太誇張了。不過聽到你這麼說，我也很開心。我才要謝謝你願意依靠我，真樹。」

我們最後再一次緊緊相擁，補充在明天早上之前都見不到所需的海成分。

因為海的關係讓我變得很愛撒嬌，不過也只有在海面前，這樣想必沒關係吧。

「……真樹，下週就是情人節了。」

「話說已經來到這個時期……感覺時間一轉眼就過去了。」

「嗯。開心的時間真的轉眼間就過去。」

正因為這樣，我希望以後也能跟海一起開心度過不會後悔的日子。

……雖然只有海親手做的巧克力成果如何，讓我稍微有點擔心。

4. 兩人甜甜蜜蜜的時間

學業與打工，就在處理眼前的事情時，情人節已經變得近在眼前。

今天是星期五，情人節是在放假的明天，不過似乎有些人還是會今天送，因此可以看到部分女生除了平常的書包以外，還提著設計得很漂亮的紙袋。

而且在我們這群平常一起上學的朋友當中也有。

「來，委員長。雖然是超市買的量販包花生巧克力，不過你要的話就送你。」

「謝了。倒是新田同學，結果還是全班都送啊。」

「也是啦。我想在一起將近一年了，這點心意還是要表示一下。啊，不用在意，儘管回禮，麻煩送貴一點的。」

「知道了。那我也回送一片量販包餅乾。」

一直拿著也不是辦法，所以我一拿到就剝開包裝紙，把巧克力放進嘴裡。

牛奶的甜與巧克力特有的香氣，在嘴裡融化開來。

我已經很久沒吃這種東西，不過偶爾吃一下就會覺得即使是便宜貨，也挺好吃的。

「嘻嘻，我跟海的分會在明天和新奈仔三個人一起做，你們等著吧。我已經兩年沒做這種事了，所以好期待！對吧，海？」

「不、不用每次都把話題扯到我身上我也知道……」

今天海一大早就來接我，所以我們一直在一起。但是從那個時候就格外在意電視的情人節特輯等資訊，顯得心浮氣躁，靜不下心來。

「海，妳該不會還沒決定好要做什麼吧？」

「嗯。做太難的東西多半不會順利，所以我想做簡單一點的……」

「不過畢竟是第一次和真樹同學共度情人節，還是希望他說好吃嘛。對吧，海？」

「是沒錯啦……不、不行嗎？」

「不會，完全沒問題。我反而覺得現在的海好可愛。對吧，真樹同學也是這樣想吧？」

「這個嘛……嗯。」

我個人不管收到什麼樣的巧克力都很開心，而且即使是比較簡單的種類，只要是海為了我做的，我覺得都會吃得津津有味。

當然了，如果她努力做出費工的巧克力，這些也不會改變，我也會想在明天好好慰勞她額外付出的心力。

不管怎麼說，我很期待明天。

翌日是週六，情人節當天。

我一大早就心浮氣躁，等待海的聯絡。

正如前一天聽說的，現在海正在天海同學家裡，和包括新田同學在內的三個人製作大家一起吃的巧克力。

至於是三個人合做一個，還是各自做不同的巧克力，這點她們說要保密，所以我也不知道。但是莫名說好做出來的巧克力要在我家吃，所以至少得準備個飲料才行。

只是話說回來，也只是咖啡、紅茶，還有以備不時之需的綠茶而已。奶精跟糖姑且也備妥整包新的。

就是這樣，作為東道主的我該做的事，轉眼間就做完了。

「……好閒。」

收拾過桌子和廚房，便在客廳的沙發上發著呆，打開手機的訊息APP，回看不久前才傳的對話。

我固然喜歡面對面聊些不會留下記憶的話題，但是像這樣回看留在APP紀錄裡的對話，我也很喜歡。

只是這麼一看肯定會回想起當時開心的心情，所以只有像這樣自己獨自一人的時候才能看，這算是個缺點。

『（朝凪）　早啊。』

『（前原）早啊。』
『（前原）現在才八點多，妳們該不會已經開始準備了？』
『（朝凪）嗯。我已經在夕的家了。』
『（朝凪）依照計畫，到了九點我們會去買不夠的材料。』
『（前原）這樣啊。妳們決定好要做什麼了嗎？』
『（朝凪）嗯。昨天跟真樹玩遊戲時突然有了靈感。』
『（朝凪）想說就做這個吧。』
『（前原）昨天我們玩的可是恐怖遊戲耶……因此激發靈感的選項到底是什麼？』
『（朝凪）與遊戲無關啦。只是那個時候自然而然想到。』
『（朝凪）對真樹還要保密就是了。』
『（朝凪）做好了我們就會帶過去，你再等著看吧。』
『（前原）要不要緊啊……』
『（前原）那麼我就準備熱的飲料等妳們。』
『（朝凪）嗯。那麻煩幫我放滿滿的奶精跟糖。』
『（前原）……明明是配巧克力？』
『（朝凪）對，明明是配巧克力。』
『（朝凪）我覺得中午前後就能過去，你再等一下喔。』

『（朝凪）　為了在打工和學業都很努力的真樹，我會使出渾身解數製作。』

『（前原）　嗯，了解。』

最近市售的巧克力，也開始有可可含量較高，苦味較明顯的種類，所以搞不好是打算做這類的巧克力。

我們雖是讀高中的小孩子，偶爾還是想向這樣裝出成熟的模樣。

「……嗯？」

我照照海的吩咐，引頸盼望她們到來時，突然收到一個人打來的電話。

【中田泳未】

我和學姊是在第一次上班時交換聯絡方式，不過這是她第一次打來。

記得泳未學姊今天從上午就有班，莫非是工作方面出了什麼狀況嗎……如此心想的我立刻點下通話鈕。

「妳好。」

『喔，響一聲就接了，很棒很棒。不愧是我的學弟。』

「因為手機正好在手邊……對了，請問有什麼事嗎？」

『嗯？沒有啊。現在正好是休息時間，閒著沒事做就試著打電話給你……等等，不是不是，開玩笑，我開玩笑的，不要做出那種「這傢伙是怎麼樣，好煩……」的無言反應。』

「真是的……不過我也正好沒事，所以沒關係啦。」

聽說有文件要提交給負責運營的母公司，我成為新的兼職人員之後，欄位部分有些事項需要跟我確認。

我把住址和緊急聯絡人等資訊，告知代替忙碌的店長來電聯絡的泳末學姊。

『對了，今天是「那個日子」真樹學弟該不會在和那個愛操心的可愛女友約會吧？』

「我是很想這麼做，不過手頭有點緊……而且薪水也要等到下個月才會發。」

記得打工的地方是在月底結算，下個月二十日給付（根據店長的說法），所以從二月開始工作的我，第一份薪水會在春假前幾天拿到。

本來就是為了賺錢買海的禮物才會開始打工，所以沒有問題，不過在這之前得靠所剩無幾的壓歲錢和零用錢撐過去。

「學姊，如果妳有空，我有一些事情想問妳。」

『嗯？什麼什麼？當然完全沒問題。出生年月日、住址、三圍，還有我只用來發生活上牢騷的上鎖帳號，只要你想問都全部告訴你。』

「這些我就心領了。」

『咦～？真是的，真樹還是那麼正經～不過這一面也很可愛，所以我覺得不壞啦。那麼你要問什麼？』

「是。這個……學姊是怎麼度過情人節的，這點讓我有點好奇。」

我們才剛開始一起工作，我對泳未學姊還不太了解，不過她的外貌出眾，個性又很開朗，應該比我們有更多各式各樣的經驗吧。

不管是情人節還是其他日子，這一天要怎麼過都是當事人的自由，不過我還是想詢問人生前輩的女性意見當成參考。

『我？嗯～是怎麼過的呢……直到去年為止還算有這方面的緣分，所以每年都會做點東西給對方，或是去約會或吃飯，之後如果氣氛不錯也會上床就是了。』

「噗……！」

我本來就覺得她這個人挺開放的，但是沒想到她說得這麼明白，不免讓我吃了一驚。

「學……學姊說得好直接啊。」

『哈哈，抱歉抱歉，我可能也說得太過火了。可是既然在交往，再怎麼說都會有這樣的機會，既然如此先做好心理準備也不吃虧吧？』

「這……確實是有道理啦。」

我們才交往不到兩個月，我一直認為很久以後才需要思考這種事，不過既然我們是男女朋友，就很難預料未來會如何發展。

今天是情人節，下個月的白色情人節，再下個月又有海的生日，到時候氣氛變得美妙，兩個人鬧著鬧著變成泳未學姊所說的「氣氛很好」那種情形也是不無可能。

現在的我還是只要跟海在一起就心滿意足了。但是逐漸習慣之後，應該遲早會變得想要更多，想追求更深的關係。

『不過到頭來，要怎麼做還是要看真樹和小海啦……不過我認為一旦演變成那樣的氣氛時，男生還是要好好主動開口。至少這樣女生就不用那麼害羞。』

「……原來如此。」

我們平常玩鬧時幾乎都是海主動，海也顯得很開心，但是遇到關鍵時刻，我應該好好加以表示，不要只讓海一個人難為情是嗎？

今天不只有海，還有天海同學和新田同學，我想無論是我還是海都會自重，但是下個月以後就未必如此。所以我認為作為今後的心理建設，泳未學姊說的事很值得參考。

我只是一時起意問一下，但是跟她商量真的是找對人了。

『那麼休息時間差不多要結束了，我要回去了。如果做到一半肚子餓了，隨時打電話過來，為了在變成大人的路上前進一步的學弟，我會特別免費幫你加各種料。』

「雖然聽不太懂學姊在說什麼，不過點餐的時候就再麻煩了。」

掛斷泳未學姊打來的電話，倒在原本坐著的沙發上。

「可是，對喔……我們是男女朋友，也是會做那種事吧。」

總覺得以前只是隱約想到的事，經過剛才那段談話之後，變得有了鮮明的輪廓。

雖然不是隨時隨地，但是我的確用有色的眼光看著海。這點是無庸置疑的事實。

海既可愛身材又好，只會在我眼前露出毫無防備的模樣，而且又時常與我有肌膚接觸，所以身為男生，視線經常會忍不住看向比較危險的地方，而且一個人的時候也會有些不可告人的妄想。

不知道海對於和我做這種事有什麼想法呢？是委身於氣氛，或是決定某種程度的時機，抑或根本不排斥這種行為呢？

不，在那之前。

「現在的我很噁心啊……」

我向泳未學姊提起無謂的話題，所以是自作自受，但是獨處的時間一長，就不禁會像自尋煩惱。

我似乎就是這麼喜歡海。

「……只是話說回來，海好慢啊。」

我和泳未學姊聊過天，一個人躺在沙發上胡思亂想，結果不知不覺已經到了中午，然而完全沒收到海的聯絡。

也許是她做的東西出乎意料費工，然而即使是這樣，總覺得花費的時間未免太多。

一想到這裡的瞬間，期待已久的門鈴聲響起。

我立刻從沙發上起身，按下通話鈕，想從對講機螢幕看看她的臉。

『啊，呀呵——真樹同學。午安。』

『嗨。依照之前所說的，要分給大家的巧克力，我也帶來給委員長了。』

「嗯，謝謝……呃，倒是現在只有妳們嗎？」

螢幕上出現戴著溫暖呼呼羽毛帽的天海同學，以及用款式和平常不一樣的髮圈將頭髮綁在側邊的新田同學。

『嗯。其實本來打算跟海一起來……』

『她對要送委員長的成品感到不滿意，所以叫我們先來。現在應該把材料拿回自己家裡繼續做了吧？』

「這樣啊……好吧，妳們先進來吧。」

詳細情形等一下再聽她們說，看來認真的海似乎無法跨越自己設下的門檻，正在苦戰。

我立刻打開手機，試著發送訊息。

立刻有了回應。

『（前原）海，妳還好嗎？』

『（朝凪）該不會是夕跟新奈已經過去了吧？』

『（前原）嗯。她們正要進來。』

『（前原）妳做了什麼……啊，要等當場揭曉吧。』

『（朝凪）嗯，也不是什麼大不了的東西啦。』

『（朝凪）總之你再等一下。』

『（前原）這樣啊。知道了。可是不要太逞強喔。』

『（朝凪）嗯，不會的。』

『（朝凪）你先跟夕她們一起等。我馬上就去。』

『（前原）了解，我等妳。』

互動的感覺似乎沒有問題，所以在海來之前，我們就拿天海同學她們帶來的巧克力當成茶點，悠哉地消磨時間吧。

「打擾了～嘻嘻，不管是校慶那時候，還是期末考的讀書會，我們還滿常來真樹同學家作客呢。」

「喔～這樣啊。我倒是第一次來委員長家……嗯～收拾得挺整齊的。雖然東西多，但是不至於亂。」

天海同學直接走向暖桌，新田同學則是不客氣地四處觀察。我請她們進入客廳，端上準備好的飲料。

天海同學喝紅茶，我和新田同學喝咖啡。天海同學最喜歡甜食了，所以無論茶點是什麼，她都會往杯中加入一大堆糖和奶精。

「真樹同學，在此祝你情人節快樂！來，如同我們的約定，這是今天我們三個人做的巧克力。」

「謝謝。呃……可以打開嗎？」

「嗯！」

打開用包裝紙折得很工整的紙袋一看，裡面裝的是一口大小的圓型巧克力。

記得這叫松露巧克力。表層灑上可可粉，一放進嘴裡就能嚐到可可些微的苦味，還有咬開的巧克力當中的甜美濃郁生巧克力，紛紛在舌頭上融化。

「雖然幾乎都是靠媽媽還有新奈仔她們幫忙做的……怎麼樣，好吃嗎？」

「……嗯。我不太吃這種巧克力，但實際吃過就覺得好好吃啊。我常喝咖啡，所以覺得這和咖啡也很搭。」

「真的嗎？太好了～我們是嚷嚷著好吃好吃，轉眼間就吃掉了，可是不知道合不合真樹同學的口味。新奈仔，真的很謝謝妳的幫忙。」

「不會，雖然不甘願，但是我每年都在做，所以已經莫名習慣做這些了。而且這也不像去百貨公司買那些看起來很棒的成品那麼花錢，感覺起來更加認真，收到的人也更開心，簡直一石二鳥。今年我本來也打算送啦……那個○○真是……」

新田同學想到討厭的事開始抱怨，於是先放著她不管，眼前還是先聽天海同學說明不在場的海怎麼了。

正如同她們所說，剛才吃的巧克力是她們三人合力（以新田同學為主）做的，所以海也參與在其中。

然後三個人吃過之後，海開始做另外送我的巧克力……於是變成現在這個狀況。

「難得我們都在，所以我跟海表示要幫忙……可是她說：『只有這個我說什麼也想一個人努力製作。』」

「對對對。朝凪一旦決定『這件事要這麼做』就很少改變主意，或者該說就會很頑固。雖然自己似乎沒發現，但是她的眼神完全就是戀愛中的少女。我和阿夕也覺得『啊，這下說不通』放棄說服她。」

剛才傳訊息時海可能有所顧慮，我不太感受得到她有這麼認真。不過搭配兩人的說法，海似乎比想像中還有努力。

海對於這點非常頑固正是最好的鐵證，證明對她而言這一天非常重要。至於我當然很開心，但同時也覺得「不像她的作風」。

自從交往之後，海跟我在一起的時間變多了，但是並未放著天海同學與新田同學等要好的朋友不管。像今天明明屬於可以整天與我獨處的狀況，但是她沒有這麼做，也很珍惜和天海同學她們共度的時間。

正因為這樣，海會對天海同學她們說「妳們先過去」還拒絕她們的幫助，埋首於自己的巧克力，讓我有種突兀的感覺。

然後讓海這麼做的原因，多半就是我。

這些念頭在腦中轉個不停，忽然有種不好的預感掠過。

我想起不久與海傳訊息時，她丟過來的這句話。

『（朝凪）　為了在打工和學業都很努力的真樹，我會使出渾身解數製作。』

我覺得這句話隱約可以看見海的真心話。

「……奇怪？」

我希望她不要太努力，像平常那樣輕鬆自在就好。海則是為了我試圖全力以赴。

「嗯？真樹同學怎麼了？看你的表情好凝重……」

「啊，不是，沒什麼，什麼事都沒有……」

總覺得我們莫名有點落差。

像這樣一個人思索就容易陷入負面思考，關於這點我有自覺，而且大多數的擔憂幾乎都以杞人憂天作收。

然而若是浮現一個可能性，就很難從腦中趕出去。

天海同學的說法是「現在的海是戀愛中的少女所以沒辦法」並不怎麼擔心，所以我也應該認同她們，或許不要想太多才是正確答案。

然而累積這些微不足道的小事也不好。

因為我曾經就近看著這些小事積累到最後，變得走不下去的人們。

「——不然打個電話吧？」

「咦？」

我抬起頭一看，看見新田同學以有點傻眼的表情如此說道。

「你不是在擔心朝凪嗎？既然擔心就直說吧。手機就在那裡。」

看樣子我想裝出沒事的樣子，不過動搖還是表現在臉上，立刻就被新田同學吐槽。

「嗯，我也覺得這樣比較好。因為我們出門前也看了一下情形，似乎做得不順利，十分煩惱。所以只要讓海聽見心上人的聲音，她也會立刻打起精神。不然乾脆直接去見海，我想海一定會很開心。」

「會嗎……不過我確實是在擔心，還是先打個電話吧。」

因為海不在場，我們三個人一直待在這裡也不太自在，於是我決定聽從她們的建議打個電話看看。

比平常多響了幾聲，總算接通跟海的電話。

『——真樹？怎麼了？該不會是我還沒過去，所以擔心我吧？』

「算吧，嗯。對了，進度怎麼樣？順利嗎？」

『啊，嗯。雖然有點費工，不過差不多快好了，我想只要再一會兒就能帶去給你。』

「快好了……這樣啊。那就好……」

我看往正在聽我們講電話的兩人，天海同學把手機畫面秀給我看。

『（天海）從上午一直是這樣。然後重做了好多次。』

『（天海）……我本來很猶豫要不要說。』

『（天海）我聽到她離開去上洗手間時，自言自語地說：「我也得努力才行。」』

看來海果然進入相當嚴重的頑固模式。

因為我在努力，所以她也要努力面對自己不擅長的事，證明她也能辦到——這大概就是海的想法吧。

我知道海很努力，也尊敬這樣的她，但是到了這個地步不免擔心她是否太過逞強。

『真樹？你周圍好安靜，夕和新奈已經回家了嗎？我是先跟她們說過，萬一遲到的話就抱歉了……』

「不，她們正好不在旁邊，聽說還會再待一下。」

『這樣啊。那我得趕快才行。而且也得向她們道歉。』

「嗯。」

海的聲音沒有什麼不對勁……我雖然這麼想，但是平常響一聲就接的電話，這次花了更多時間才接，而且剛接起來還能聽見她略微清了清嗓子，也許是在小心避免我太擔心。

「我說啊，海。」

『嗯？什麼事？』

「呃……」

這種時候該對海說些什麼才好呢？

「加油。」

「我很期待。」

如果考慮海的心意，大概會說這些。

「不用逞強的。」

「就算不順利，我也不會介意。」

如果要傳達我聽了天海同學說明情形後的心情，則要這麼說。

「加油」和「不要逞強」——正因為同時說這兩句話很矛盾，所以才會為難。

我想支持努力的海。

可是又不想看到海過於逞強，無謂把自己逼得太急。

海在電話另一頭等待我的下一句話，我要如何才能傳達我的心意呢？

——不然乾脆直接去見海，我想海一定會很開心。

這時天海同學剛才說的這句話突然閃過腦中。

「海，現在可以去找妳嗎？」
『……咦？』
回過神來，我已經任由衝動驅使說出這句話。
『現在？可是，我，現在，做巧克力……而且她們怎麼辦？』
「我會跟她們道歉，說巧克力已經吃完了，今天就此散會。天海同學、新田同學，不好意思，這樣可以嗎？」
「「好啊～」」兩人同時回答。
海似乎也聽得到，可以聽見她在電話另一頭輕聲發牢騷：『真是的……』
「抱歉，海。我知道這樣會妨礙妳做巧克力，但我還是想見海。」
『這、這個，非得現在不可嗎？』
「……嗯，抱歉。因為我比妳想像的更怕寂寞。」
我有自覺在天海同學與新田同學面前，不知羞恥地向女朋友提出任性的要求，感覺自己的臉頰逐漸發熱。
可是如果在這時退縮，多半會搞得比現在更窩囊——
「海，事情就是這樣，我現在就過去打擾。」
『咦……等、等一下……啊，媽媽也說今天很忙——「我很閒喔～真樹同學。機會難得，歡迎來玩——」媽、媽媽真是的。』

看來空伯母也在附近聽著，這樣一來海的藉口就不管用了。

『真樹笨蛋。』她用只有我聽得到的音量喃喃說了這句話。

『……你要過來也行，但是要等到巧克力完成喔。』

「嗯，謝謝妳，海。」

『不客氣……那我等你。』

接著海迅速掛斷電話。

海大概也在空伯母面前紅了臉頰吧。

「這個，天海同學、新田同學……事情就是這樣，今天就這麼解散，可以嗎？」

「呵呵，可以啊~真是拿真樹同學沒辦法~」

「我也已經沒事了，就跟阿夕一起回家吧。啊，話先說在前面，下個月麻煩你嘍？」

「……抱歉，我欠妳們一次。」

上午是海，然後現在是我，她們今天被我們這對笨蛋情侶牽著走，卻依然毫無厭煩的表情送我離開，真的都是好人。

接下來有好一陣子不管被她們兩個怎麼揶揄，都非得忍耐不可了。

講完電話之後，我們立刻一起走出大樓。

「慢走。加油喔，真樹同學！」

「委員長，要好好讓她再次愛上你喔。」

「哈哈……好的，我會加油。」

我答應今天的事也會在下個月的白色情人節一併回禮，然後快步走向朝凪家。

我花了十分鐘左右跑完徒步約二十分鐘的路途，來到朝凪家一看，正好在庭院做園藝的空伯母出來迎接我。

「歡迎，真樹同學。屋裡都收拾好了，別客氣，進去吧。」

「好的，打擾了。」

我先向空伯母簡單道謝，然後走進朝凪家客廳。

飄來甜香氣味的廚房裡，圍著圍裙的海站在帶有烤箱功能的微波爐前，多半正在等待巧克力完成。

「海。」

「歡迎，真樹……那邊的沙發空著，你先坐吧。飲料要喝什麼？」

「我是跑過來的，感覺很熱，那就喝水吧。」

「好。難得你過來了，我也休息一下吧。」

海把從冰箱裡拿出來的礦泉水倒進透明的杯子裡，然後朝我走來。

「海，那個……」

「別擔心，我沒生氣。」

如此說道的海在我身旁坐下，就像平常在我家那樣握著手，身體緊緊地靠過來。

「……對吧？」

「嗯。謝謝妳答應我任性的要求，海。」

我是半強迫過來的，所以做好了覺悟，覺得她就算生氣也不奇怪……但是海這個女生果然比我體貼多了。

「對不起喔，真樹。起初我也沒打算要努力到這個地步，可是……一旦開始動手做，就好像沒辦法放棄。」

「……已經可以問妳在做什麼了嗎？」

「嗯。畢竟失敗作都放到餐桌上了。理論上是法式巧克力蛋糕。」

「果然啊。」

雖然只是巧克力蛋糕，即使到處都找得到食譜，然而對於不擅長下廚的初學者海來說，這個題目可能有點困難。

看向桌上的殘骸，有的是麵糊沒烤好導致變形，有的是部分燒焦，就算不至於不能吃，但是多半不適合給別人吃，或是味道不適合在情人節用來送人。

就連偶爾會做甜點的我，做蛋糕的成果也會有好有壞，因此很少做，所以若是海要一個人做，而且不靠天海同學等人與空伯母的幫忙，那麼的確會經過這麼多的試錯過程。

「欸，真樹，我現在做的事不像我的作風吧？」

「嗯，對啊。」

「啊哈哈，是嗎。就是啊……明知道讓夕和新奈感到為難，還是硬要逞強。對媽媽也很任性，從白天就一直占據廚房。」

時間差不多快到傍晚，所以空伯母大概也想開始準備晚餐了吧。

對於多半讓大家感到擔心這件事，海也有所自覺。

可是即使如此，想盡可能做出滿意的巧克力送我這樣的心意，還是壓過其他一切。

只不過是情人節——根據情況也許有人會傻眼地這麼認為，但是我想對海而言，她就是這麼重視這一天。

只是已經很難繼續任性的時間已然來臨也是事實。

「……真樹，就當我現在烤的是最後一個，烤好之後你願意嚐嚐嗎？」

「我是完全無所謂，可是……這樣海可以接受嗎？」

「嗯。我明明是初學者，卻在一開始就想做到完美，這個念頭本身就是錯的，而且我也很清楚有時候必須妥協。」

海露出落寞的笑容這麼說道。

難得努力到這個地步，想貫徹到最後。

可是又不想再讓空伯母和我擔心。

既然這是海的作風，她在最後冷靜思考，得出這樣的結論。

「……知道了。那麼雖然晚了一點，不過我們來吃點心吧。海，我來幫忙。」

「嗯。謝謝你，真樹。」

眼前我們先把攤滿整張桌子的巧克力蛋糕殘骸與剩餘的材料收拾乾淨，把廚房交給準備晚餐的空伯母。

「真樹，蛋糕要配什麼？」

「有牛奶嗎？咖啡也可以，但是喝太多不太好。」

「幼稚。」

「妳這傢伙。」

我們稍微鬧了一下，享受兩人的對話，接著聽到告知烤好的計時器響起。

「……嗯～真樹，這個怎麼樣？」

「可能……燒焦的部分有點明顯吧，嗯。」

「就是說啊……不管時間還是分量都跟書上寫的食譜一樣就是了。」

可是聞起來還不差，而且也只有表層燒焦，只要去除那些部分應該還是可以美味享用。

由於是海為了我做的，我連焦的部分也會吃掉就是了。

「真樹，呃……情、情人節快樂？」

「啊，嗯。那麼我不客氣了。」

吃了一口海切給我的蛋糕，入口的瞬間，巧克力的甜味就穿過鼻腔……這時苦味才從後面慢慢顯現。

我是不怎麼在意，但是也許有些人不太喜歡……我的感想大概就是這樣吧。

跟我一起吃的海也是一開始笑逐顏開，不過似乎跟我有同樣的感想，變得垂頭喪氣。

「……海，我喜歡這個。」

「嘻嘻，謝啦。可是我還是有點不甘心，所以這大概是下次機會來臨前的課題吧。」

「嗯。既然這樣，我還會再奉陪的。」

今天也許不太順利，但像這樣累積經驗提升技術，就是做甜點的樂趣所在，所以我認為只要有機會再努力就好。

沒錯，先隔一段時間，切換逼急了的思緒之後。

後來在空伯母的邀請下，我留下來一起吃晚餐。

今天朝凪家的菜單是咖哩，當然了，在空伯母身邊學習烹飪的海，也從備料到途中的料理過程都幫了點忙。

雖然只是一點一滴的累積，但是海著實正在進步。

「……怎麼樣，好吃嗎？」

「嗯。因為是咖哩嘛。」

「那要再來一碗嗎？」

「……可以嗎？」

「嘻嘻，好啊～……欸，媽媽，不要只顧看著我們，快點趁熱吃。」

「呵呵，好～」

空伯母笑瞇瞇地觀察我們的情形，我與海雖然在意她的視線，不過還是一如往常地享受晚餐時光。

我添了一碗飯，還順便讓海餵我吃……吃飽飯之後空伯母表示咖哩做太多了，讓我帶一些回家。

光是巧克力就已經夠開心了，今天收到太多東西，讓我不禁有些過意不去。

「……好，收拾工作也完成了，之後要怎麼辦？玩遊戲？洗澡？還是雖然早了一點，乾脆睡覺吧？」

「為什麼會以過夜為前提……就算晚間已經晚了，我還是會回家啦。」

「哎呀，真樹同學要回家嗎？我已經在客房鋪好棉被了。」

「妳們母女都滿心打算讓我留下來過夜，這樣不要緊嗎……」

從客廳看往客房，的確已經鋪好眼熟的棉被。

這種情形依照常理反而會有點遲疑，但是我有年底那陣子住了好幾天，都很守規矩的實績，所以看起來沒有問題。

……不過無論空伯母還是海都有點像在開玩笑，終究還是要我點頭才算數。

而且今天在談論過夜與否之前，我還有事情沒做完。

側眼看著跟我待在一起，已經完全恢復活力的海，一邊提出想拜託空伯母的事。

「空伯母，之後可以借用一下廚房嗎？」

「嗯？可以啊，明天早餐的備料工作也已經完成，我想應該沒什麼問題……如果要做點什麼，要不要我幫忙啊？」

「不，今天我想只由我們自己做……由我跟海繼續剛才的作業。」

「唔！……真樹，你的意思是——」

「嗯。我想冰箱裡的材料不用完未免太可惜了。而且距離今天結束也還有點時間。」

雖然晚了一點，但是把我的真心話告訴海的時刻來了。

晚餐前我們吃了說好是最後一個的法式巧克力蛋糕，但海的表情實在不像就此滿足。

雖然海說過當成下次機會來臨前的課題，但在心情上應該很想在今天做個了結。

我不希望她太努力，太逞強。

可是我還是想支持努力的海。

在比誰都更靠近的地方。

「這只是我的任性，可是……海，我想要妳最後再為我做一次巧克力。我想吃吃看。吃到不是妥協，而是海自己能夠滿意，能懷著自信送給我的巧克力。」

「既然真樹這麼堅持，我是無所謂……不過說不定成品會比剛剛更糟喔？畢竟吃完飯後，專注力明顯鬆懈了。」

「就算像海說的那樣，只要是海為我做的，我都會津津有味全部吃掉。雖然以甜點來說，分量也許多了點……不過只要之後再透過運動之類的方法調整就好。」

雖然回憶未必永遠甜美，但是無論對我還是對海來說，這都是我們成為男女朋友的第一個情人節，所以希望至少最後不要是微苦微澀，而是能以甜蜜的一天作收。

「……所以，加油吧，海。今天的事我也會一起向天海同學還有新田同學道歉，之後也會一起聽空伯母訓話。」

不要逞強，但是要努力。

我知道這種說法有所矛盾。也知道自己說的話太過自私。

正因為這樣，我才會希望至少待在海的身邊陪她一起煩惱，對海和空伯母提出強人所難的要求，今天跑到這裡叨擾。

「哎呀哎呀，真樹同學說了好青春的話呢……海，他都這麼說了，妳打算怎麼做？順便告訴妳，媽媽都可以喔？」

「……這，這種事不用說也知道吧。」

真樹笨蛋。海喃喃說了這句話便從沙發上起身，再度圍上掛在餐椅上的圍裙。

海用橡皮圈把頭髮綁在腦後，再次露出認真的表情。

「好，既然你都說成這樣，我就把剩下的材料全部用掉，做一個大的。你會遵守約定好

好收下我的心意吧？」

「嗯，謝謝妳，海。真不愧是我的女朋友。」

「就是啊。真是拿你這個男朋友沒辦法。」

海雖然以受不了的模樣開口，卻又開心地放鬆臉頰，俐落地準備動手。

果然像這樣為了別人而努力，神采奕奕的海我也非常喜歡。

「真樹，不需要給我建議，你去悠哉看電視吧。當然媽媽也是。」

海把我和空伯母從廚房趕出去，然後翻開放在微波爐上的貼滿標籤的食譜，再次開始做起甜點。

「呃～記得這裡要在缽裡各放一點……嗯，好。」

像這樣一步一步確認，就覺得海的動作有點亂，忍不住想給點建議，或是身體不由自主想要幫忙，但是我強行按捺衝動，看著海專注於打麵糊的認真表情。

……海，加油。

我在心中唸唸有詞，同時和空伯母一起耐心等候。

「麵糊要鬆軟，不要太用力……好，大概就這樣吧。」

海確實遵照食譜上面寫的步驟，遵守分量，過程當中不胡亂改動地打好麵糊。然後倒進事先買好的心形模具裡，放進預熱完畢的烤箱。

「——啊～肚子餓了……媽媽，雖然晚了一點，我也要吃晚飯……等等，海在那邊搞什麼啊？」

「抱歉老哥，我現在沒空理你，你去那邊跟真樹還有媽媽一起聊天。」

「真是的，陸，不可以在海做正經事的時候打擾她啦。」

「對不起，陸哥，我來打擾了。我坐餐桌旁的椅子，不介意的話請坐這邊。」

「嗯？喔、喔……」

陸哥因為在房間裡午睡或玩遊戲，所以晚餐時沒有出現。我也和他聊了幾句，打發製作的時間。

打麵糊以及放進烤箱烘烤的時間，合計大約一個半小時。

海打開微波爐的瞬間，巧克力特有的甜香與熱騰騰的水蒸氣一起瀰漫到整個客廳。

「……都有烤熟，表層看起來也不錯……好，這樣如何？」

我跟海一起檢查烤好的成果，裡面綿密外面酥鬆，也看不到明顯燒焦的情形。

然後靜置了一會兒稍微降溫，再除去模具擠上奶油提升甜味……全部加起來花了相當多的時間，但是這樣一來總算完成了。

由於是在晚餐後開始動手，已經來到可說是深夜的時間，但是確認時間還不到零點，所以情人節尚未結束。

「久等了，真樹。這次真的是情人節快樂。」

「嗯，謝謝，謝謝妳，海。接下來我要好好享用了。當然也會好好說出感想。」

我在空伯母與海的注視之下（陸哥吃完咖哩馬上回房間了），叉子刺向放在盤子裡的心形法式巧克力蛋糕，吃了一口。

「……真樹，怎麼樣？好吃嗎？」

「……」

為了說出像樣的感想，我仔細地、慢慢地咀嚼，還先喝了另外準備的熱牛奶，然後說出坦率的感想。

「……很好吃喔。非常甜，是我最喜歡的滋味。」

比起前一個苦味明顯的蛋糕，這次反而有種吃牛奶巧克力的感覺。雖然沒有食譜上寫的那種微微留在舌頭的所謂大人滋味的淡淡苦味，但是吃起來很順口，裡面的口感也不會太乾或太紮實。

如果我做同一種蛋糕，這樣的成品應該可以懷著「今天順利完成了」的心情享用吧。

「真樹同學，我也可以吃嗎？」

「只有媽媽太狡猾了，真樹，我也要！」

「嗯。我一個人吃未免太多了，所以大家分著吃吧。」

海與空伯母將剩下的切成三等分，各吃了一口。

即使什麼話都不說，兩人的表情已經表明蛋糕的水準。

「哎呀，很好吃嘛。」

「真的……之前明明一點都不順利，彷彿那些事就像假的一樣順利完成了……」

外行人做甜點，就是即使忠實遵照分量和步驟去做仍然會失敗，但是只要像這樣持續努力，遲早會做出像樣的成品。

並非因為我陪在身邊為她加油，才會這麼順利。

而是因為她從早上就在嘗試與錯誤之中摸索，即使失敗也不放棄，這才能夠辦到。

「……謝謝你，真樹。雖然花了點時間，但是這樣就算達成約定了吧？對吧？」

「嗯。海的心意好好傳達給我了。謝謝妳，海。」

「嗯……還好有再多努力一下。」

嘻嘻笑的海，眼睛淡淡泛著光芒。

今天一整天都為了我這麼努力，我只有滿滿的感謝。

「不過因為我的任性，搞到好晚啊……空伯母對不起，我打擾到這麼晚。」

「沒關係。平常孩子的爸都因為工作不在家，有真樹同學也比較不寂寞，而且熱鬧一點我跟海會比較開心。哪天想過來的話，隨時都歡迎你。」

「好的。今天的事屆時再好好答謝。」

雖是突然上門叨擾，但是她們仍然爽快答應，還請我吃晚飯（以及打包回家），最後甚至吃了甜點……暌違將近一個月的朝凪家待起來很開心，如果可以的確還想多待一會兒，但是時間已經來到深夜，不能再給他們添麻煩。

客房已經鋪了棉被，不用實在過意不去，不過今天還是先回家——

「——不行。」

我正要起身走出客廳，海就從身後抱住我。

她正好把臉湊到我的脖子磨蹭撒嬌，企圖阻止我回家。

「這個，海同學？」

「…………」

「我差不多得回家了，妳也知道，這個時間對有些人來說已經是睡覺時間了。」

「…………」

我任由海從後面抱住我，試圖想要說服海，但是海不回答，手上的力道反而愈來愈強。

若要掙脫她的擁抱，多半會相當吃力。

「哎呀哎呀……我從年底那時就在想，海在真樹同學面前，真的愛撒嬌到讓人嚇一跳呢。感覺好像回到還是小學時那種任性的樣子。」

「…………」

即使聽到空伯母這麼說，海仍然一句話也不反駁，只是緊緊黏著我不放。

我有一瞬間嘗試拖著她走出家門，於是往前踏出一步，結果我一動海就跟了上來，所以與其說是不想要我離開朝凪家，不如說還想跟我在一起。

……好可愛。

老實說我也想跟海在一起，如果沒有任何限制的話，就這樣把海帶回家也完全無所謂，可是……在空伯母面前，實在不知如何是好。

「海，真樹同學很傷腦筋喔？」

「……我知道，可是。」

即使手臂的力道漸漸放鬆，還是像隻黏人的貓一樣用臉在我身上各個地方磨蹭，總覺得撒嬌度反而不斷上升。

被海這樣撒嬌，我也很難掙脫她的擁抱。

追根究柢，會弄到這麼晚也是因為我任性要求她親手做巧克力，所以這個時候雖然明知失禮，還是拜託看看吧。

「……空伯母，不好意思。」

「好的，什麼事～？」

「多次提出任性的要求真的很過意不去……是否可以讓我多待一陣子呢？……具體來說是到明天早上。」

為了讓空伯母准許我留下來過夜，我以恨不得下跪磕頭的氣勢深深鞠躬。

我提的要求大概即使被罵也無可奈何，而且日後還得送禮致歉才行，但是我也想在海身邊多待一會兒。

「哎呀哎呀，雖然你待在我家已經是家常便飯，不過你們兩個真的是只要在一起就很教人傷腦筋呢……我當然信任你們，可是也不能說你們一起睡就一定不會犯錯。」

之前在朝凪家受他們照顧時，因為身體不舒服，沒有心情也沒有體力思考那種事。也因為那樣，空伯母對於海全程照顧我這件事沒有多說什麼。但是現在的我已經完全恢復成健康的高中男生，對於這點不免會感到擔心吧。

「如果是這樣，今天我們會確實分房睡。即使睡到一半海過來找我，我也不會順水推舟跟她一起睡。」

「我、我才不會做這種類似夜襲的情……雖、雖然也許會把被子鋪在你旁邊，然後只伸出手跟你牽手……啦。」

「海，這也不可以。」

「這、這種事我很清楚啦……真樹笨蛋。壞心。」

海的嘴巴雖然這麼說，還是一樣黏著我，這讓我覺得她好令人憐惜。

這一定就是大家說的「先愛上的人就輸了」吧。

「……就是這樣，拜託伯母。到了早上我就會馬上回去，如果有必要，我也會聯絡媽媽解釋情形。」

「我、我也要拜託媽媽。我還想再跟真樹在一起。」

這次是兩個人一起懇求。

如果這樣還是不行，我也只能立刻死心回家，但是如果得到許可，我想對空伯母還有對不在場的大地伯父證明，我能夠好好遵守約定。

證明我跟海不只是笨蛋情侶，也能確實遵守應有的規矩。

「──總之你們先抬起頭來。不用這樣拜託，我自認理解你們是在認真交往。」

「這樣的話──好痛！」

「噫……媽、媽媽，妳沒頭沒腦地做什麼啦！」

聞言抬起頭來的瞬間，就聽到「砰！」的一聲，額頭正中央傳來銳利的痛覺。

看往前方，只見剛彈過我和海的額頭的空伯母。

這是正宗朝凪家直傳（？）的彈額頭。

「今天就破例答應你們。可是真樹同學，還有海也是，今後如果想過夜，必須事先告知計畫。這樣一來我也會做好準備歡迎你。」

「……好的。謝謝伯母。」

姑且不論正在交往的海，對於空伯母而言，我終究只是「別人家的小孩」所以既然要讓我過夜，就必須與身為監護人的媽媽討論，確實得到她的允諾才行。

哪怕只是一晚，說得詳細一點是只有到早上的短短幾個小時，但是等到出了事再來應對，那便為時已晚。所以空伯母以成年人的立場面露難色，但還是考慮到今天是情人節這個情形，破例答應我們，對於這點我們必須心存感激才行。

有這麼珍惜我的女朋友，還有從遠處照看我們的大人。

我覺得自己真的遇到很多美好的緣分。

「好的。既然這麼決定，已經很晚了，你們都趕快去洗澡。啊，當然不是一起洗，是分開洗喔？」

「唔！……哪、哪可能一起洗啦……那個……一起……可是還不是……吧。」

「嗯？海剛剛說了什麼？媽媽怎麼覺得妳說了不能當作沒聽見的話？」

「唔～～！我、我沒說。媽媽笨蛋。走開啦。」

「哎呀哎呀……何必那麼害羞嘛～」

我也和空伯母一樣有聽到，所以應該不是幻聽，但要是繼續捉弄她，海就會氣得躲在房間裡不出來，所以我決定站在海這邊。

——以後可能會「一起」洗，「可是還不是」那個時候……海才沒有這麼說。

總而言之就當成是這樣吧。

睡衣之類的衣物就和去年年底時一樣向陸哥借，由於我是客人，所以讓我第一個洗。

上次使用朝凪家的浴室，是在年底受他們照顧時，但是即使在浴缸裡泡到肩膀，還是有點靜不下來。

浴室和浴缸都比我家大，空伯母給我的據說洗了會比較溫暖的入浴劑散發的香氣，加上鏡子前整齊排放的洗髮精、潤髮乳、香皂，還有各種狀似護膚用品的產品，和我家那個只是隨意放著洗髮精與沐浴乳的空間明顯不同。

我靠著浴缸怔怔看著天花板的燈，慢慢吐氣。

「雖然靠著一股氣勢說出口，但是我的要求果然很沒常識啊……」

如果再有一些時間，那麼即使海進入撒嬌模式，可能也還來得及安撫。但是之前做巧克力已經花了很多時間，所以即使能夠說服她，多半也已經換日了吧……我個人是打算無論時間有多晚，只要對方叫我「回去」就要回去。然而一旦有了曾經過夜的實績，也許空伯母很難做出深夜把我趕出門的決定。

她信賴我，還像這樣給我特別待遇，令我非常開心，這讓我不由自主依賴她……但是今後得避免再有這種情形。

只可以對海撒嬌，只可以對海撒嬌……可是不可以太過依賴她的體貼。以往對海撒嬌的分，等到海向我撒嬌時，也要好好接納她的任性。

而且若要依賴其他家人的好意，得等到以後花更多時間加深信賴關係才行。

我用洗髮精與香皂的泡泡洗去一整天的髒汙，避免留下汗臭味，並且好好泡暖身體，以便晚點好好入睡。

過了十幾分鐘，為了讓之後洗澡的人可以洗得舒暢，我把浴室整理過後前往客廳一看，發現今天預定使用的棉被高高隆起。

有人……應該說似乎是海鑽進裡面。

「……海，我洗好澡了。」

「嗯。啊，我已經幫你暖好被窩了。」

「這真是感謝……可是今天得乖乖在不同房間睡喔。」

「真是的，我知道啦。可是我想在睡前聊一下，所以在我洗完澡前不准睡喔。」

「知道了。可是如果我抵抗不了睡魔，睡著的話呢？」

「嗯～……我是不會勉強把你叫起來，可是不能聊天會讓我很寂寞，所以也許會跟你一起睡喔。」

「那我會努力醒著。」

「麻煩你了。我洗澡還挺花時間的，你要努力醒著喔。」

「這麼說來也是。順便問一下，大概要洗多久？」

「嗯～一個小時？」

「晚安。」

「喂～」

明明還有說要最後洗的空伯母在等，我們還是忍不住在棉被上鬧了起來。

即使知道應該自重，但是許久沒有像這樣過夜，即使到了睡前還能讓喜歡的人陪在身邊的狀況果然很令人開心。

「……嘻嘻，真樹跟我有一樣的味道。」

「畢竟我用了你們家的洗髮精啊……好了，差不多該去洗了，要不然會被在那裡看著我們的空伯母罵。」

「好～」

趁著在客廳笑瞇瞇看著我們的空伯母笑容尚未變得可怕，我鑽進被窩，海則是進入浴室洗澡。

「──真樹同學，可以打擾一下嗎？」

「空伯母……啊，好的，請問是什麼事呢？」

「我現在跟孩子的爸通電話，他說想跟你說話。」

「唔。」

空伯母這麼一句話，就讓我因為久違的過夜以及跟海打鬧的輕鬆心情，轉眼間被拉回了現實。

站在空伯母的立場，對大地伯父報告今天的事也是理所當然，所以我應該也早已做好覺悟才對。

……透過電話要怎麼下跪磕頭呢？

畢竟不能讓他等太久，於是我從空伯母手中接過手機，久違地與大地伯父對話。

『……喂？真樹同學嗎？』

「是的。」

『事情我聽孩子的媽說了……這個嘛，我想我知道今天是什麼日子，而且也不是不明白你們的心意。』

「……非常抱歉。」

和空伯母一樣，大地伯父也好好地叮嚀我，而我承諾今後會注意，以及下次大地伯父回家時要一起吃晚餐，於是今天過夜這件事就這麼說定了。

之後我針對年底以來的近況向大地伯父報告。

包括學業、打工，以及正式與海交往。

就像我們第一次單獨交談那時一樣，大地伯父什麼話都沒說，只是靜靜聽我說話，我也坦白說出自己的心意。

『……原來如此，既然是這麼回事，以後也要好好努力。你這麼正經又一心一意，想必做什麼事都能成功。』

「我明白了……這個，謝謝伯父聽我說話。」

『哪裡，畢竟從上次以來，我也一直掛心你的事。總之聽起來你過得很好，那我就放心了。當然了，我也希望你能管好你的活力，不讓它往奇怪的方向發展。』

「……我會銘記在心。」

後來好不容易把電話還給空伯母，從緊張中得到解放後，便撲向柔軟的枕頭躺平。

好好體驗過和喜歡的女生共度一天的快樂與艱辛，眼睛慢慢……沒有閉上，而是耐心等待洗澡很花時間的海回來。

「說到這個，今天我從一大早就一直醒著……」

和女朋友共度的第一個情人節夜晚雖然甜蜜，但是最後實在好睏。

既然情人節結束，轉眼間必須回禮的白色情人節即將會來，所以在這之前，無論我還是海，都有一件重要的事必須確認。

作為一年總結的學年末考試──考試結果將在今天發表。

考試已經在二月底結束，各科皆已發還考卷，所以分數已經確定，之後就等著看貼在布告欄上的名次。

「考試名次這種東西，以前我都覺得只要還算前面就好……可是一旦有了目標，那麼還是會緊張啊。」

「就是啊。我們能不能分在同一班，幾乎全看今天的名次，所以……夕、新奈，還有關也是，這次真的要說以前的日子承蒙你們照顧了。」

「我不要～海，不要走～我也想跟海同一班～」

如此說道的天海同學撲過去抱住海，但是考慮到這次的考試結果，我們五個人分在不同班的可能性很高。

海還是一樣考了高分，今年也肯定可以進入學年前十名。

至於天海同學與新田同學，多虧已經成了慣例的讀書會，全學科都沒有不及格，也不曾接受課外輔導，確定順利升上二年級。但是她們的平均分數低於學年平均，所以以前一直分在同一班的海與天海同學這對好朋友搭檔，從四月起就會分在不同班級。

如今這個階段，明年只有我有可能跟海同班。

「話說委員長，結果你考得怎麼樣？今天我們班的所有科目都發回來了，所以你已經知道平均分數了吧？」

「是啦……勉強算有九十分啦。」

平均九十分以上是我的史上最高紀錄，從年初就腳踏實地努力念書，能夠取得成果固然很好，但考慮到以往的數字，這樣也只是總算有機會擠到三十名左右，所以還不能放心。

順便說一下，這次海的平均分數超過九十五分，但是人外有人，想成為第一名有時候會需要考出將近滿分的分數，所以我們高中的前段班比起其他升學校也不容小覷。

於是我們五個人走出教室準備確認名次，看來其他人似乎也很在意，布告欄前方已經有不少人了。

只有前五十名的名字會張貼在布告欄——有人因為沒看到自己的名字而懊惱，有人覺得理所當然似的得意洋洋，也有人覺得與自己無關，不過看到前幾名的分數還是發出感嘆聲，有著各式各樣的反應。

「真樹，你那邊應該看不到吧？來，我把你舉起來，你過來這邊。」

「咦？不，已經放學了，不用那麼急也無所……哇！」

「舉高高～舉高高～怎麼樣？這樣要看哪裡都很清楚吧？」

「的確是看得很清楚……」

我想趁著還不至於難為情的時候看到名次，趕快讓他放我下來，於是在以斗大的字列印出來的排行榜上從右到左，從五十名開始依照順序看去。

四十幾名。平均分數低於九十分，因此初步確定我的排名會更前面。

三十幾名。只要名字不出現在這裡就算是達成目標，所以我小心翼翼地一個一個確認。

三十二名、三十一名、三十名。

「真樹，名字。有你的名字嗎？」

「不，沒有。可是，總分幾乎一樣——」

然後是二十幾名。

二十九名　加賀楓

二十八名　七野美玖

二十七名　前原真樹

二十六名　——

「喔，有了。二十七名。」

總算找到我的名字。

儘管分數相當接近，但是我確實擠進原先定下的目標——三十名以內。

「啊，真的！好棒好棒。真樹同學好厲害！」

「喔～委員長挺行的嘛。」

「喔喔……真樹，太好了。畢竟即使是下課時間，你也一直很努力啊。」

「嗯，謝謝……可是，可不可以先放我下來。」

「啊，抱歉抱歉，我忘記了。」

我請望慢慢把我放回原來的位置，然後鄭重接受大家粗魯的祝福。

望用力拍我的背，天海同學與新田同學則是摸我的頭髮——搔得我的髮型比平常更亂，但是大家誇獎我時的笑容讓我好開心。

等他們三個人告一段落後，海輕輕握住我的手。

「真樹，成功了。總之這樣就過了第一關。」

「嗯。雖然還不能保證，不過幸好有拿到上場的資格。」

我還順便看了海的名次，結果是第五名。海也和我一樣很努力，所以對此我也想在晚點好好為她慶祝。

今天是三月十三日，明天是白色情人節，但我說什麼也想在今天回禮則另有理由。

確認過名次發表後，我和天海同學等人道別，帶著海回自己家。白色情人節我打算像上個月海為我做的那樣，同樣親手製作甜點當成回禮，所以材料已經事先買齊。

我牽著海的手進入大樓的電梯，就聽到身後傳來海的笑聲。

「……嘻嘻。」

「笑、笑什麼啦，海。聽妳在竊笑……我做了什麼奇怪的事嗎？」

「不，沒什麼。我只是想到你最近拐我回家愈來愈熟練了～」

「這……都約了那麼多次，理所當然會變得自然啊。」

確實考慮到以往的情形，也許海說得沒錯。

以往邀請海來玩時，多半都是說些「今天有空嗎？」或是「昨天買了新遊戲」之類的話，委婉表達我的意思，但是過了情人節便不一樣了。

「走吧。」

「今天還想多點時間在一起。」

在海的面前，我變得能夠像這樣直接表達自己的心意。

只不過這也是多虧了海。只要是由我提出的邀約，海基本不會拒絕，所以我才能夠放心主動邀約。

雖然這種說法非常不妥，但是只有在面對我時，海是個非常好應付的女生。當然了，這也是她如此信賴我的證據，所以即使是兩個人在我家獨處，我也覺得有好好自制。

「……真樹，我可以喔？」

「唔！咦……這是，這個，什麼意思？」

「呵呵，你猜是什麼意思呢？」

海把柔軟的東西靠著我的手臂捉弄我。

也就是說像是胸部或大腿之類比較敏感的部分，讓我碰一下也可以，然而對此我是真的不知道怎麼做才是對的。

現在我們還是只有接吻，但是我當然想要更進一步。

已經像這樣得到海的許可，而且不久之前才把臉埋在海的胸口度過一晚，所以只要不越線，也就沒……不，說不定還是有問題。

「……總之這件事之後再說。」

「啊，逃避了。真樹真沒出息。」

「不，我有在思考。在應該表現的時候也會好好表現。」

「喔～既然你這麼說，今天就先放過你。」

「多謝了。好啦，已經到了，準備好就來烤餅乾吧。今天沒有太多時間。」

「好～呵呵，嘿！」

「唔！……不、不要戳我的側腹。」

回到家之後，一邊在意著露出惡作劇的笑容對我動手動腳的海，一邊立刻著手製作明天白色情人節要用的餅乾。前陣子的情人節是海一個人為我努力，今天則是我跟海一起。

「海，妳做可可餅乾，麻煩依照分量進行。呃……妳在那個碗裡放一平匙。」

「好～……欸，真樹，這個餅乾不只是送給我，明天還會送給夕和新奈吧？」

「嗯。我是這麼打算……要我另外特別製作給妳嗎？」

「啊，不用了。這樣很費事，而且我也不打算這麼任性……只是啊，我畢竟是女朋友，所以還是想要有點特別待遇。」

我本來打算送同樣的餅乾，但是站在海的角度，似乎希望我像她在情人節時那樣，給她特別待遇。

應該也不是期待回禮，然而畢竟是男女朋友，會想要能夠明確證明自己才是最重要的證據，這種心情也我明白。

正是因為明白，才會特地在前一天邀海過來。

「……別擔心，海的分我會好好準備。可是這會花上一點時間，所以希望妳先等到餅乾烤好。」

「……嗯，知道了。雖然還不知道是什麼，不過我會再等一下。」

把麵團從圓形、方形、星星等各種小模具當中取出，就這麼送進烤箱。

我們窩在沙發上等待餅乾烤好，隨著時間經過，刺激食欲的甜香味便瀰漫整個客廳。

「真樹，好香喔。」

「嗯……我從小時候就挺喜歡這個時間。不只是甜點，不管做什麼都是。」

「你是說等待料理做好的時間嗎？」

我點點頭說道：

「小時候媽媽還在家裡，所以時常幫我做餅乾或蛋糕之類的點心。她常讓我品嚐剛烤好的點心，所以我很期待。」

當香氣變濃就表示烤好了，所以我記得即使是在房間裡玩遊戲之類的時候，每當廚房傳來香氣，我就會跑到媽媽身邊一起等待點心烤好。

「尤其是剛出爐的餅乾，讓我留下記憶中最深刻的印象……平常的餅乾我也很喜歡，但是剛出爐的餅乾和變硬之後不一樣，甜味和香氣都更濃，放進嘴裡的瞬間便入口即化，有種特別的感覺。」

「……該不會是為了這個，今天才會帶我回家吧？」

「妳這個說法……不過，嗯。這個餅乾我也打算送給天海同學和新田同學，可是我最喜歡的剛出爐狀態，就得在剛烤好的時候才吃得到。」

包括回憶在內，我希望海知道我最喜歡的東西，而且如果可以，我希望和她一起品嚐，共同分享這種心情。

這就是現在我能力所及的範圍裡，能夠送給海的「特別」。

過不了多久餅乾便烤好了，我從微波爐裡取出烤盤，就看到烤得焦香，膨脹程度恰到好處，有著各種形狀的餅乾出現在我們面前。

每一種餅乾都很香，看一眼就能知道非常成功。

「海，來，特別給妳先吃一個。這個很燙，小心別燙傷。」

「啊，嗯……燙燙燙，雖然看起來好好吃，可是不先放涼一點，可能會拿不住。」

我們兩個人就像丟沙包一樣，把餅乾放在手掌上滾來滾去來稍微弄涼，小心翼翼避免燙傷，咬上一口。

「……怎麼樣？」

「嗯，好吃。感覺就像是吃剛烤好的波蘿麵包外層。」

「是啊。好吧，波蘿麵包的外層本身就是餅乾麵糊，所以這也是理所當然。」

要說這是特別也許有點不太夠，但是我個人認為讓她吃到剛出爐的餅乾這麼一點偏心，就是區分「女朋友」與「朋友」的差異。

我想相信在我身旁吃著可可餅乾，吃得津津有味的海也是這麼想。

吃太多的話會不夠送給天海同學等人，所以我勉強忍耐，把放涼之後味道變得安定的餅乾分裝到三個袋子裡。

這是要送給天海同學、新田同學，以及海的。剛出爐的餅乾讓她現吃，經過好好包裝的也要一個不少送給她。

因為是女朋友，總要有這點特別待遇。

……當然不是只有這樣，不過其他就留待隔日再說。

翌日的白色情人節早晨。我昨天烤好了餅乾，準備送給上個月送我巧克力的三個人當成回禮，而我決定將這些餅乾包裝妥當。昨天我已經預先分成三份，但是只裝在透明袋子裡，這樣就未免太沒意思，所以決定花點心思包裝。

我把家裡現有的格紋包裝紙裁切成合適的大小，折成袋子然後用細繩封口。

我已經決定好各色包裝要送的對象，藍色給海，紅色給天海同學，綠色給新田同學。

雖然內容物一樣，但是聽說有所區分會顯得比較鄭重，給人的印象分數比較高（根據泳未學姊的說法），所以我依照新年參拜時的振袖顏色來分……不知道有沒有人會發現。

正當我在早晨安靜的客廳裡默默包裝時，只看母親的身影以緩慢的動作，慢慢從寢室走到客廳。

「——呼啊啊……哎呀，真樹很早起嘛。受女生歡迎的男生真辛苦呢。」

「早啊，媽媽。別說這些了，我拜託妳買的東西有幫我買嗎？」

「自然地加以無視啊……啊，要我跑腿的那件事吧？不用擔心，昨天我趁工作的休息時間去了一趟附近的百貨公司，幫你買好了。」

媽媽從放在餐桌椅子上的公事包裡拿出一個和我這種應付了事的包法完全不同，包裝成白色情人節回禮的東西。

以內容來說並不便宜，光在這樣我的錢包便有如風中殘燭，但是我認為買對了。

約會費用、治裝費，以及像這樣的節日送禮等等……交往這種事一旦要過得有模有樣，還是挺花錢的。

不過這些也都是只要心上人開心，就會覺得值得。

「……不過話說回來，一、二、三……真樹，你該不會收到三個女生的巧克力吧？小海就算了，其他是聖誕節時跟我們一起拍照的女生嗎？」

「嗯。我只是收到人情巧克力，所以也只準備一定程度的回禮……除了海以外。」

於是我把「這個東西」和餅乾一起裝進藍色袋子。

我比任何人都把海視為特別的存在，這件事昨天也有好好跟她說過，不過還是希望透過禮物的形式，正式表現出她和其他人的明確差異。

如果這樣能夠讓海放心，無論錢包變得多扁都只是小事。

「喔。既然明白，媽媽也不多說什麼了……你可萬萬不能弄哭小海喔。」

「……嗯，我會盡可能努力不讓這種事發生。」

雖然我不管做什麼都還很不成熟，但是無論學業、運動，還是穿著打扮，我希望自己接下來都能一步步有所長進。

做好萬全準備面對的白色情人節當天，早上班會前的教室裡。

我、海、天海同學、新田同學，還有望。

我等老樣子的五個人到齊之後，把裝在包包裡的回禮放到桌子。

「我說啊，三位……方便打擾一下嗎？」

海等三人發現我拿出來的藍、紅、綠三個袋子，一起看向我。

「啊，欸欸，真樹同學，這該不會是巧克力的回禮？」

「嗯。雖然不是特別的東西，不過我還是烤了餅乾。」

「哇啊，餅乾！而且是真樹同學親手做的吧？我最喜歡真樹同學做的點心了，所以其實還挺期待的～！」

天海同學像個小孩子一樣天真無邪地嚷嚷，從我手中接過紅色的袋子。先是朝袋子裡一看，便率先拿出餅乾吃了起來。

「唔唔……嗯，雖然沒那麼甜，但是非常好吃。欸，新奈仔妳們也吃吃看。這個可可餅乾超好吃的。」

「嗯，我看看……比店裡賣的餅乾還要軟，一入口馬上就散開了，不過這種沒負擔的口感可能也滿不錯的。委員長，你將來該不會打算當個家庭主夫吧？」

「不，沒有那種計畫啦……」

自從與海交往以來就時常被人這麼說，女生三人組說話時似乎偶爾也會聊到，依照天海同學和新田同學的印象……

我＝家庭主夫

海＝一家之主

似乎是這種感覺的家庭。

確實依照現階段的能力而言，無論學業成績還是運動能力都是海比較厲害，而我又能彌補海不擅長的各種家事，所以能夠互補彼此不足的部分，我想應該是非常平衡的型態。但是老實說，我覺得這與我跟海期望的角色相反。

我努力工作，累了回家之後海就來迎接，體貼地療癒我……

「我說啊，海……」

「唔……我、我無所謂，只要真樹想要，我哪一邊都行……應該說如果可以，我也許希望能支持真樹……啦。」

「咦？啊，不，不是那樣。這個，回禮，也要給海……」

「咦……？」

海睜大眼睛接過藍色的袋子後，想到自己會錯意，瞬間羞紅了臉。

天海同學立刻察覺好朋友的狀況，面帶極度明顯的竊笑表情湊近海。

「哎呀呀？海，妳從剛才的應對到底想像了什麼呢？是回禮的內容嗎？還是很久很久以後的事情？」

「………我要揍新奈。」

「不不不，為什麼這個時候把矛頭指向我……等等，就說真的不要對我的太陽穴使用鐵爪功……」

側眼看著她們三人又開始打打鬧鬧，突然想像與海的未來。

雖然也許還太過心急，不過如果有朝一日能夠像大地伯父和空伯母，或者是小時候的爸媽那樣，變成感情很好的伴侶……不，在這之前還是要先加深身為男女朋友的感情。

「——話說回來，在這之前要不要趕快看一下禮物是什麼？妳可是女朋友，搞不好裡面裝著跟我們不一樣的東西喔？」

「妳是指驚喜之類的嗎？我昨天和真樹一起幫他烤了這個……妳看，果然是我們昨天烤的餅乾，還有糖果……咦？糖果？」

「…………」

害羞的海稍微平靜之後，聽從新田同學的建議打開袋子，往裡頭一看便當場僵住。

視線依序看向天海同學的袋子、新田同學的袋子，然後是自己的袋子，最後看著我。

「真樹，我說啊。」

「嗯。」

「這個可以給大家看嗎？」

「可以吧……我本來就沒打算保密。」

沒錯。和天海同學與新田同學不一樣，我特別在海的袋子裡放了某家廠商的白色情人節特製糖果。

紅色、橘色、紫色、黃色等等，有著各種顏色各種味道的糖果，一顆顆精美地裝在袋子裡面。

「我也是昨天查了才知道……據說白色情人節送的東西有各式各樣的含意。例如餅乾是『我們當朋友吧』，棉花糖是『我討厭你』……我對於這些東西很生疏，所以沒有多想就把餅乾也送給了海。」

「所以你在查了之後覺得不安，才拜託真咲伯母買這個糖果嗎？」

「算吧……啊，我本來就打算除了餅乾以外，還要送別的東西給海，但是我想糖果的話應該還挺好懂的。」

附帶一提，送糖果則是「我喜歡你」的意思，而且聽說糖果的口味各有不同的含意。

這件事海固然知道，天海同學和新田同學應該也都知道，所以雖然時間有點趕，但我還是立刻聯絡媽媽，請她幫忙買。

「昨天我有跟海好好說過……可是我想也得在大家面前好好表示……表示朝凪海對我來說是比誰都要特別，都要重要的女生。」

「所以才特地選了看起來就很貴的糖果？」

「差不多就是這樣。」

「……真樹你喔……」

海雖然說得很傻眼，還是把裝有糖果的袋子珍惜地抱在胸前，開心地笑逐顏開。

這下花了不少錢，但是既然能讓海開心就好。

「真樹……這個糖果有什麼口味？」

「呃……草莓、橘子、葡萄……還有蘋果、哈密瓜、檸檬吧。」

「……貪心。可是你就這麼喜歡我吧？」

「嗯，是啊。」

我到底有多喜歡眼前的這個女生呢。

比起表白的時候，比起年底她全程照顧我的時候，比起情人節看著她努力做巧克力的側臉那時，現在的我又更喜歡海了。

「……這個太多了，我一個人吃不完，所以今天放學後一起吃吧……就是，兩個人。」

「嗯……那麼放學後，可以再去我家嗎？就是，我們兩個。」

「…………」

海輕輕點頭，回到我身後的座位。

她在之後的課一直戳我的背，真的很傷腦筋，可是。

『（朝凪）　又要拐我回家。』

『(朝凪) 真樹笨蛋。』

『(朝凪) 好色。』

從她偷偷發給我的訊息看來應該是正常發揮，所以我暗自鬆了一口氣。

順帶一提，在一旁被迫聽著這些對話的三人都很傻眼。

眼看三月即將進入下旬，高中生活第一年馬上就要宣告結束，對我而言期盼已久的一天終於到來。

沒什麼好隱瞞的，就是開始打工後的第一個發薪日。對於以前只跟爸媽拿過零用錢的我來說，這筆錢是我以自己的意思去工作，作為勞動報酬領到的錢，所以喜悅更上一層樓。

「前原同學，來，這是這個月的薪資明細。這個月形式上是試用期，所以金額少了點，不過我想下個月以後就沒問題了。」

「好的，謝謝店長。」

我檢查印有我的名字「前原真樹」的薪資明細金額。上班時間比較少，一週只有兩班，所以金額不算多。但是即使如此，若是要買海的生日禮物，這筆錢應該很夠了。

關於打工費用，是請他們匯到媽媽事先為我準備的個人帳戶。

第一次可以自由支配的存摺和提款卡……得好好保管在自己的書桌裡，免得弄丟了。

走出辦公室回到廚房一看，和正好送外賣回來的泳未學姊四目相對。

「早啊，真樹。喔，終於等到期盼已久的第一份薪水吧。恭喜。為了祝賀，因為聽錯點餐所以炸太多的洋蔥圈就送給你吧。」

「那是可以隨便吃掉的嗎……不過就當成是泳未學姊請客，我就不客氣了。」

今天是店長、我，還有泳未學姊三個人值班，不過我已經不用泳未學姊全程陪同，幾乎所有工作都學會了。所以從這個月起，分開排班的情形也愈來愈多。

泳未學姊不只教導工作，我也時常找她商量功課或是男女交往之類的事，很受她的照顧，所以我真的只有滿滿的感謝。

「對了，真樹同學的第一份薪水要用在哪裡？全部上交給小海嗎？」

「也不是上交，不過我打算買個像樣的禮物沒錯啦。」

「喔～那麼你打算買什麼？既然生日就快到了，差不多該決定了吧？」

「……呃～」

「怎麼了？你該不會是要說還沒決定吧？」

「……是的，其實就是這樣。」

由於有了第一份薪水，買禮物的錢不再是問題，然而到底要拿這筆錢買什麼，我到現在還沒做出決定。

我想送像樣的禮物，而且也對海這麼說過，要她好好期待當天，但是究竟怎麼樣才算「像樣」呢？

如果用手機調查或是看雜誌，要多少選擇都有。

流行飾品、包包、手錶，還有去貴一點的餐廳吃飯……正確答案因人而異，所以選擇保險一點的禮物也是個方法，但是在成為男女朋友之後，第一次女友生日送的禮物，這樣挑選真的好嗎？

無論花不花錢，只要是我認真選的禮物，相信海一定會都高興吧。上次的白色情人節就是這樣，她不是因為那是我幾乎花光零用錢購買的名牌糖果高興，而是因為那是我好好思索過後挑選的禮物。

重點不是花了多少錢，而是為了自己花多少「時間」思索……我覺得真要說來，海特別重視這一點。

「絕對不是沒有選項。可是該怎麼說，我就是拿不定主意嗎？」

「哼哼，原來如此，好青春啊～我是只要之後可以變現，收到什麼都很開心，但是看來小海不像是這種類型的女生……嗯，抱歉，這次似乎沒辦法給你什麼建議。學弟啊，還請原諒沒用的學姊。所以作為致歉，我聽錯點餐結果炸太多的薯條就——」

「不，我肚子很飽，所以就心領了。」

禮物我打算到了春假再去買，但是照這樣看來，多半直到當天，甚至進入店裡都會遲遲拿不定主意。

進入春假的隔日，我從上午就為了挑選要送給海的禮物，獨自搭上電車來到市中心。

仔細想想，我已經很久不曾獨自過來這個地方。當然了，之前也來過幾次，但是來這個地方時幾乎都有海陪伴，所以今天覺得格外無助。

雖然禮物我想一個人選，所以拜託海讓我單獨行動的不是別人，正是我自己。

「我的衣服應該不奇怪吧……雖然沒有人會看啦。」

瀏海ＯＫ，春季的衣服也好好燙過，沒什麼縐折。

我在車站的廁所簡單檢查服裝儀容，然後走出剪票口，前往有很多店的商業設施。

我已經很久沒穿外出用的衣服，途中忍不住確認自己映在建築物玻璃或路邊停車的車窗玻璃上面的模樣。我穿的衣服是去年跟海和天海同學去舊衣店請她們幫我挑的，所以應該不會土，不過總覺得所有者的臉和體型有點在扯後腿。

關於自己的容貌就當成今後的待改善事項，眼前還是先前往我在前幾天用手機查到的服飾雜貨舖。

這裡是以女性用產品為主，而且價格相對比較合理，聽說是附近學生們的愛店。

「好多人啊……」

我不由得吐露心聲。

我避開人多半會變多的下午，特地挑選上午過來，但或許是因為春假剛開始，店裡已經有許多客人。

當然了，幾乎都是女性。雖然也有男性，但是身旁幾乎都有看似女朋友的對象。眼前沒有一個人像我這樣，一個男生單獨挑選。

「歡迎光臨～請問在找什麼呢？」

「唔！……啊，沒關係，我自己看就好。」

我匆匆走向角落，避開無聲無息靠過來招呼的女性店員。對方想必會覺得我形跡可疑，但要我改掉這種被親切店員突如其來的招呼便嚇得逃走的習慣，多半還得花上好一陣子。

我和面帶笑容游走於店裡的店員拉開距離，決定先把顯眼的商品都看過一遍再說。

「……嗯～」

慢慢拿起商品確認價格標籤，然後偏著頭放回原處。這樣的動作重複了兩三次之後，我忍不住嘆了一口氣。

雖然早知道大概會是這樣，但是果然有太多商品，讓我很難判斷到底哪個才好。

戒指或項鍊之類的飾品，還有香水、化妝品等等……我本來想選些海平常使用也沒問題的東西當成禮物，所以才會挑這間店，但是東西比我想像中更多，反倒讓我感到混亂。

「挑選禮物實在太難了……」

配合預算選出最有可能讓海開心的禮物——儘管本來就認為不簡單，但是照這樣看來，只會比我想像中更累。

要是我好好想過才挑選的禮物，海收了多半都會開心，然而太過自以為是也不太好。

——欸，這個怎麼樣？很適合妳嘛。

——咦～會嗎？不過既然小寬這麼說，那就買下來吧。怎麼樣，好看嗎？

——嗯，很棒。真的好可愛。不愧是我的沙織。

——呀，小寬好討厭。

一旁的情侶同樣熱中於買東西，對話聲傳進耳裡。

先不管對話內容，兩個人都顯得非常開心。

我不禁感到後悔，心想果然應該跟海一起來，然而事到如今也沒辦法回頭，所以現在只能一個人想辦法。

果然還是應該老實找店員商量嗎——想到這裡的瞬間，有人從背後輕拍我的肩膀。

「啊，好的——唔咕！」

在我回頭的瞬間，有根又白又漂亮的手指戳刺我的臉頰。

眼前有個熟悉的女生面孔。

「嘻嘻～真樹同學上當了～」

「唔！天、天海同學。」

「呵呵，午安～竟然會在這種地方遇到，真巧。真樹同學該不會也是來挑選海的生日禮物吧？」

「啊，嗯。對了，天海同學也是嗎？」

「嗯。雖然生日是下週，但是我家從明天起有事外出，在海的生日前都空不出時間。」

可能是看不下去我獨自在不習慣的地方不自在的模樣，聽說正好為了同個目的來到這裡的天海同學上前搭救。

竟然會在這種地方遇到天海同學……我雖然瞬間如此心想，但是想到這間店的客群，她來這裡幫海買生日禮物的可能性當然也很高，所以我改變想法，覺得巧歸巧，但也不是那麼不可思議。

「今天的真樹同學和平常不一樣，穿得很像樣呢。我從遠處瞬間認不出是誰呢。」

「畢竟是來這種地方，還是要注意……天海同學今天也和平常不太一樣就是了。」

「會嗎？我的確滿常挑選可愛類型的打扮，可是也挺喜歡像這種休閒打扮喔？像是時常跟海一起去逛舊衣店。」

今天的天海同學上面穿著牛仔外套，下面則是貼身長褲，鞋子是運動鞋，整體給人很休閒的印象。耳朵閃耀光芒的耳環以及手錶等細節也很到位。

即使乍看之下是挺常見的打扮，但是穿在天海同學身上就不禁讓人覺得很有型。

「話說今天沒跟海在一起啊。男生一個人來這種地方，挺辛苦的吧？」

「嗯。我正在煩惱該怎麼辦……天海同學也是一個人嗎？」

「不是，我和新奈仔一起來的。喂～新奈仔，這邊這邊。」

天海同學大聲呼叫並且揮手，在稍遠處尋找天海同學的新田同學發現我們便走了過來。

「早啊。真沒想到委員長會出沒在這麼老套的地方……啊，該不會是迷路了吧？玩具和遊戲的賣場在樓上喔？」

「不，是這裡沒錯……妳拿的那個該不會是拿來送人的吧？」

「這個？對啊。雖然是便宜的飾品，不過畢竟我們還是學生，這樣就夠了吧。而且就算送了很貴的禮物給朋友，多半只會讓朋友為難。」

「這麼說或許沒錯……」

新田同學手上這個貼著九百八十圓貼紙的商品，讓我不由得覺得很有她的風格。像是選得非常隨興，卻又不會太搶眼或太樸素，讓人感受得到女孩子的品味。

相較之下，天海同學則是……

「啊！欸～欸～你們看，這個有夠可愛吧？雖然大了一點，但是毛茸茸的很舒服，也許很適合當禮物。」

大概是一眼就看上了吧，只見天海同學不知不覺間在離我們有點距離的地方抱著巨大熊布偶，顯得心滿意足。

即使被天海同學抱在懷裡也不改不高興的表情（那當然），卻又讓人感受到沒辦法討厭的可愛，究竟適不適合當成禮物呢？

還有牌子上的價格也滿高的。

「委員長，說點感想吧。這種事是你的工作吧？」

「就算妳這麼說……」

姑且不論用手肘輕輕頂我的新田同學，難得有這個機會，我決定先問問看。

「天海同學要挑這個當禮物嗎？妳似乎挺憑直覺的。」

「嗯。海每次生日時都是這樣，完全是選自己覺得『就是這個！』的東西。我也想過很多，像是要挑平常就能用的東西，或者是對方真心想要的東西，只不過最後還是要靠自己的直覺吧。」

「原來如此……可是這樣偶爾不會失敗嗎？例如特地送了禮物，對方卻露出尷尬的表情，或是不肯拿出來用。」

「當然也有這種情形啊。可是我認為比起對自己來說尷尬的選擇，還不如自己覺得『這個好！』的東西，更能傳達滿滿的心意。到頭來，禮物這種東西不就是這麼回事嗎？」

「也就是說，送禮者的心意也很重要？」

「沒錯，就是這樣！如果贈送的對象是好朋友或情人……是自己重視的人，那麼更是如此！」

要選對方覺得好的東西，或是選擇自己覺得好的東西。

我是前者，天海同學則是後者。但是聽過她的說法，就覺得天海同學的想法也有道理。

大家都選這個，所以送禮一定要送這個——在網路上一查，可以看到一大堆這樣的意見，還有人說送別的反而給人添麻煩。

然而參考這些意見送的禮物，就是自己該送的禮物嗎……我想天海同學想表達的就是這個意思。

「我是這麼想的……怎麼樣呢？有沒有給真樹同學一些參考？」

「很難說……我還是不太確定，不過感覺比較知道該怎麼做了。」

「是嗎？那就好了。嘻嘻。」

雖然最終要選什麼多半還是會有點猶豫，不過我隱約覺得能看見方向。

這就是所謂的說出外靠朋友嗎？

「那麼阿夕，妳一直抱著這個布偶，意思是妳要買嗎？」

「咦？啊，嗯。雖然有各種尺寸，有更大的也有更小的，但還是這個抱起來最舒服，而且跟其他布偶相比也更可愛。」

「可愛嗎……委員長，你對那個有什麼看法？」

「還好吧，既然天海同學覺得可愛，那不就好了嗎？」

這個熊布偶有著像是外國動畫裡會出現的那種雖然沒好臉色，卻又讓人沒辦法討厭的表情。我個人覺得有點難說，但是既然天海同學覺得「好」相信海也會乾脆收下吧。

因為她們以往多半也是用這種方式和睦相處。

「那麼委員長呢？」

「我還要再逛逛。妳們別客氣，儘管回去沒關係。」

「是嗎？那就這樣。阿夕，我們走吧。」

「啊，嗯……那我們走了，真樹同學。四月三日見。」

「嗯，再見。還有今天謝謝妳的協助。」

「呵呵，哪天又需要幫助的話，隨時都可以找我喔？話說不管打電話還是發訊息都可以，偶爾也可以跟我聯絡喔？」

「啊，不，這有點……」

「咦～？為什麼～？我們可是朋友，可以多發發訊息，聊聊天啊～還有也不用叫我『天海同學』，像海那樣直接叫我『夕』就好了。」

「直呼名字……嗯，可能還是有點困難。」

距離縮短到那個地步，主要是來自班上男生（尤其是望）的壓力就會變得很大，所以我希望今後也能和天海同學繼續維持「朋友的朋友」這個距離繼續往來。

而且如果我和別的女生變得要好，哪怕彼此沒有這個意思，還是會覺得對海過意不去，而且如果對象是天海同學，那麼更不用說。

「是嗎？嗯～這樣啊……總之這件事就下次再說。那就拜拜啦，真樹同學。」

「拜拜，委員長。下週見。」

「嗯，再見。」

我和表示要逛其他樓層的天海同學等人道別，再次面對店裡許多閃閃發光的商品。原本計劃中午就要回家，但是照這樣看來，多半還會多花點時間。

儘管花了很多時間，我還是買了要送海的禮物，時間來到四月三日。

情人節、白色情人節，接著迎來海的十七歲生日。

進入春假過了大約一週。雖然還有點冷，但從窗簾縫隙射進來的早晨陽光已經令人覺得溫暖。直到前幾天都還是陰雨綿綿的天氣，氣溫也低，不過到了今天則轉為很有春天氣息的和煦暖日。

可以說是最適合過生日的好天氣吧。

「……嗯，沒問題，有確實裝進去。」

早上從床上醒來之後，立刻檢查事先放進包包裡的禮物。有我說是「要送女朋友」而請店員包裝得很漂亮的小盒子，以及一張小卡片。

卡片當然是我自己寫的，但是昨天我煩惱了很久，最後只在卡片寫下「給海：一直以來很謝謝妳」這種保險的話語。總覺得我平常說話還要更裝模作樣一點，但和兩人獨處時不同，禮物會被大家看到，所以我顧慮不要太顯得像笨蛋情侶。

正在檢查有沒有忘記什麼東西時，便收到海的聯絡。今天不是發訊息，而是打電話。

『早啊，真樹。我剛剛發了地圖給你，有收到嗎？你跟我一起去，所以我想不會有問題，不過還是想跟你說一聲。』

「嗯。倒是天海同學的家，原來離學校也不是太遠啊。」

『是啊。也多虧這麼近，目前她才能保持零遲到零缺席。國中時是搭電車上下學，所以她遲到的次數也不少，搞得人仰馬翻。』

「海，一直以來辛苦妳了。」

『對吧。再多說幾句。』

「嗯。海真的很棒，我好尊敬妳。」

『不錯嘛。再多崇拜我一些……開玩笑的，嘻嘻。』

聽說為海慶祝生日這件事，幾乎每年都在天海同學家舉辦，今年也將依照往年的慣例。起初我還以為一定是在朝凪家，但是聽說天海同學家很適合辦這種派對類型的聚會。

因此這也將是我第一次拜訪天海家。

「海，順便問一下，我要過去這件事，天海家的人……」

『嗯。繪里阿姨那邊夕好像已經說了。夕大概和我一樣第一次帶男生回家，不過……還好啦，比起我家那個，繪里阿姨簡直就像聖母，所以你放心——咦，媽媽，進房間要敲……啊，沒有，這個，不是的。剛剛該怎麼說，只是一時口誤……』

海多半是說溜嘴而挨空伯母罵，這點暫且不管。

繪里是天海同學母親的名字。聽說她早年是模特兒，曾經上過地方電視台的節目，還算有點名氣。

海說她非常體貼，不過今天還是得小心避免失禮才行。

『啊，喂？真樹同學，我是空，今天我家的野丫頭就拜託你嘍？雖然我現在也會好好叮嚀她就是了。』

「……那個，雖然海是為了掩飾害羞才說成那樣，不過我認為空伯母也是非常棒，非常體貼的媽媽。該怎麼說，至少對我來說是這樣。」

『哎呀，謝謝你。雖然我知道是客套話，不過會這麼說的人只有真樹同學，所以我非常開心呢。不管是海還是陸，多說點貼心的話該有多好……對吧，小海？』

『噫……噫……』

雖然遠方傳來海喊著真樹救命的聲音，但是礙於現實我實在無能為力，所以努力朝電話另一頭的空伯母幫海說了幾句好話便靜靜掛斷電話。

晚點見到海先安慰她吧。

之後我在上午先去朝凪家一趟，好好聽海發牢騷，然後才與海一起前往天海同學正在等我們的天海家。

本日聚集在天海同學家的人，扣掉東道主天海同學以外，共有五個人。

首先是主賓海，以及身為跟班的我，還有就是新田同學，以及她們從國小就認識的朋友二取同學與北条同學。自從聖誕派對以來就沒有聽海特別提起與她們之間的近況，不過照這樣看來，目前似乎相處順利。

不過這點姑且不管，問題在於這次的男女比例。

男生一對女生五（還要加上天海同學的媽媽）——考慮到我與海的交友關係，必然會變成這樣，所以也是無可奈何，但是即使有海陪在身邊，我也不知道該聊些什麼。

我問過唯一的男性友人望有沒有事，但是他今天正好要去外地進行練習賽，也無法中途參加。到頭來男生只有我一個。

說起今天的事時，望非常懊惱。但願這不會對他今天的投球表現造成不好的影響……好吧，我相信他會化悔恨為動力，投出好表現。

「欸，真樹。」

「嗯？」

「禮物就在那個包包裡嗎？」

「嗯。等到了那邊再看吧……雖然不知道喜不喜歡，不過好歹我也是經過左思右想。」

「嗯。那我就再忍耐一會兒吧。」

於是我跟海十指緊緊交握，手牽手走在路上。途中海好幾次抱住我的手臂，實在很難走，不過至少在她生日的今天就隨她高興吧。

而且我也不討厭看著海幸福的表情。

我們比預定時間更早離開朝凪家，兩個人一起花了很多時間，慢慢走完這段原本大約徒步十分鐘的距離。

我們應該花了很多時間，但是一邊跟海閒聊一邊走，轉眼間就到了天海同學家……這是為什麼呢？

姑且不談與海在一起時的時間流逝速度，現在重要的是剛抵達的天海同學家。

「……那個，海。」

「嗯？」

「天海同學的家，還挺大的，呢……」

「是嗎？記得是我家的一．五倍……不，再大一點嗎……大概有吧，可是勉強還算普通吧？之前我也有稍微提到就是了。」

原本以為天海家的大小和朝凪家差不多，所以看到這個與先前的想像大不相同的外觀，讓我嚇了一跳。

雖然只是第一眼的印象，首先占地就很寬廣。雖然建築物只比朝凪家大一點，但是玄關前的車庫以及庭院等等都十分寬闊。外觀簡直就像歐美風格的洋房。

要說是有錢人的家……似乎又不太像，不過我想應該花了不少錢。

……原來如此，這樣也許勉強還算普通。

「——汪，汪嗚！」

「呼咦！有、有狗……？」

我看著天海家的外觀發呆時，忽然發現身旁有隻大狗。

多半是黃金獵犬吧，只不過事出突然，我忍不住發出怪聲，然而牠開心地搖著尾巴，看來並不是在警戒我。

「喔，洛基也午安。不管什麼時候都很有精神呢。」

名字似乎是叫洛基。雖然有著經典名作電影主角的名字，但是張大嘴巴用力呼吸，不停搖著尾巴的模樣，又讓我覺得有點傻氣。

海摸了摸牠的頭感到滿足之後，接著湊近我嗅個不停。

「呃……是要我摸你嗎？」

「汪！」

「啊嗚……！」

我又忍不住嚇了一跳，但是牠沒有凶猛吼叫或咬人，所以先不提難以言喻的威壓感，很快就能看出是隻黏人的狗。

……雖然看得出來。

「海、海……我，這個……」

「嗯？真樹怎麼啦？看你全身僵硬。」

「不，我，對狗有點，不對，是很怕……」

「是嗎？明明這麼可愛……對吧，洛基？」

「汪！」

「啊嗚！」

牠有著滑順的毛以及毛茸茸的尾巴，還有可愛的大眼睛。相信有些人會覺得非常可愛，但是會怕就是會怕。

理由其實很單純，我只有三、四歲時有一次去外公外婆家玩，被一隻大狗追著跑了好久，最後還跌倒受傷，因此成了我的一點精神創傷。

雖說是怕狗……面對吉娃娃或巴哥這些小型犬又還好，但是遇到中、大型犬就會被迫想起當時的回憶，不禁感到害怕。

連玄關都還沒踏進去，我已經對天海家有點陰影了。

「——啊！洛基這樣不行。明明有第一次來的客人，你卻直接撲上去……對不起喔，真樹同學。我家狗狗很黏人，就是因為太喜歡人，玩耍的時候不知道輕重。」

「不會，沒事。請不要放在心上。話說今天要打擾了。」

「夕，今天謝謝妳特地安排。打擾了。」

「嗯！歡迎你們。正好其他人也都來了，準備工作也差不多完成，進來進來。」

天海同學以一如往常的開朗笑容迎接我們，我隨著主角海在她的引領下走進門。

脫掉鞋子進入玄關，一位有著亞麻色頭髮的女性正好走出客廳過來迎接我們。

「哎呀，是新的客人呢。午安。」

想必她就是繪里伯母吧。眼睛和鼻子都和天海同學一模一樣。當然了，包括體型與給人的感覺也是。

「午安，繪里阿姨。」

「歡迎，小海。生日快樂。今天我做了好多菜，別客氣，儘管吃，待久一點喔。」

「好的，打擾了。可是每年都這樣借用地方，真不知道該怎麼答謝才好……還讓阿姨特地為我下廚，還有其他東西要準備，麻煩您了。」

「沒關係的。小海對我來說就像是親生女兒……身邊的男生莫非就是那位？」

「妳好。我叫前原真樹。」

我在海介紹之前就走上前去，低頭鞠躬。第一次去朝凪家時也是這樣，我就是會忍不住緊張。

「你好，午安，我是天海繪里。聽夕說起小海的事時，最近都會一起提到你的名字，所以我也很好奇，想知道你是什麼樣的男生。心想夕上了男女合校的學校一年，是不是總算對男生有了興趣。」

「媽、媽媽真是的……！這個很難為情，不要說啦……」

「哎呀，有什麼關係。畢竟他正如妳說的一樣，是個看起來非常體貼的男生。」

如此說道的繪里伯靠過來有如搜身一般，伸手在我的臉頰、手臂、大腿等處摸來摸去。

「嗯嗯，原來如此～……的確是很會照顧人的小海會喜歡的長相呢。雖然感覺有點靠不住，但是很率真專一，潛力的話……啊，不過體能方面也許還是多鍛鍊一下比較好……嗯，穿著打扮還不錯，是受到小海的影響嗎？」

「呃，那個……」

「等等，媽媽……對、對不起喔，真樹同學。媽媽總是改不了以前工作養成的習慣，海第一次來時也是這樣，面對第一次來家裡的人都會像這樣上上下下確認對方……媽媽，真樹同學很為難，趕快放開他啦。」

「哎呀，對不起喔，喔呵呵。」

天海同學的母親看似溫和，其實也是很有個性的人。感覺生性非常開朗，所以有這樣的人在家裡，想必會很開心吧。當然了，多半也會像剛才的天海同學那樣，偶爾覺得麻煩吧。

我接受過檢查之後，跟海一起打開客廳的門——

「「「生日快樂！」」」

隨著「啪！」的清脆聲響，碎紙片紛紛灑落在我們頭頂。

守在門邊的新田同學、二取同學，以及北条同學三人拉響了拉砲。

接著天海同學也晚了一步，從口袋裡拿出拉砲拉響。

「海，生日快樂。今年也能好好幫妳慶祝，我真的很開心。」

「夕……嗯，我也是，真的很開心。」

想起兩人去年校慶時的摩擦。只要有一個地方出差錯，這場聚會就很有可能泡湯，所以對海與天海同學來說，想必都是感慨萬千吧。

兩人輕輕擁抱，眼中都泛著光芒。

「啊，真是的，妳們兩個好狡猾。」

「我也要，我們也要～」

「喔，什麼什麼？雖然不知道怎麼回事，不過我先摻一腳再說吧。」

接著旁觀的三人也陸續撲向海與天海同學，五個人抱成一團。

真是令人莞爾的光景。

「等等……不要大家擠在一起……真拿妳們沒辦法……」

「啊哈哈，好像在玩推推樂～」

海在傻眼苦笑之餘，依然開心地露出潔白牙齒。天海同學則是在圈子中心，展露有如出向日葵的燦爛笑容。

由於我不好參與這個全是女生的圈子，只能在一旁看著五個人互動。不過像這樣看著大家幸福的樣子，感覺也挺不壞。

「好好好。來吧，感動戲碼就到這裡為止。大家幫忙把料理和飲料端到桌上。我肚子餓了，趕快開始吧。」

隨著繪里伯母拍手一聲令下，我們通力合作把餐具和大盤子搬到客廳的大桌上。

包括繪里伯母在內，合計有七人份，但總覺得準備的料理分量在這之上。讓人懷疑到底哪裡有在賣的巨大披薩、烤全雞，還有四公升寶特瓶裝的可樂和牛奶等等，光是搬這些就有點像是重量訓練了。

「好，準備完成了吧。桌子已經擺不下了，所以冰箱裡的蛋糕晚點再準備……大家先送禮物吧。來，從我先開始。雖然有點便宜所以不太好意思。」

「哇啊，好可愛的手錶……阿姨……謝謝妳每次都這麼照顧我。」

「啊，媽媽好狡猾！海，我也要送！」

「好好好……呃，這是什麼，也太大了吧，不過毛茸茸的抱起來好舒服。」

「嘿嘿，對吧～？這個超棒的～我看到的瞬間就覺得『一定要送這個！』喔。」

「嗯。感覺是有夕的風格的選擇。謝了，夕。」

「嘻嘻。」

「那麼接下來是我們。茉奈佳，麻煩妳了。」

「好喔～」

就在她們兩人拿出禮物之後，大家也一個接一個送出自己的禮物。新田同學是送前幾天挑選的飾品，二取同學與北条同學兩人則是送花束。

大家各自為了迎來生日的海所挑選的禮物。

海抱著許多禮物，露出非常幸福的笑容。

「那麼海，我也……」

「啊，嗯……」

接著最後終於輪到我送禮物的時候，除了我與海以外的所有人都一起離開我身邊。

「要來了。」

「嗯。」

「今天的主菜？」

「好好喔～」

接著還莫名擠在一起，對我們投以溫暖的視線。

「……為什麼大家都跟我們拉開那麼遠的距離？」

「咦？這個嘛，一想到接下來氣氛會變得很認真，要是我們待在附近大概會礙事。對吧，阿夕？」

「嗯。如果我們待在視線範圍裡，兩位可能會沒辦法專心。對吧，媽媽？」

「不，我只是單純覺得好玩就跟著做……那兩個人這麼誇張嗎？」

「嗯。就是這樣。他們一旦打開開關就很不得了。」

「……不，我只是要跟大家一樣送禮物而已……」

的確，聖誕節、情人節，還有最近的白色情人節，每到這種和情侶有關的節日，我跟海就很容易進入兩人世界。然而剛開始交往時姑且不論，如今已經過了三個月，我們變得能夠掌握這方面的氣氛。

而且身在第一次拜訪的別人家中，而且還有二取同學與北条同學這種幾乎是第一次見面的人在場，我們不可能像獨處時那樣。

「呵……呵呵。」

「……海，妳為什麼笑成那樣？」

「嗯？沒有啊～什麼事都沒有。」

然而海卻看著我笑個不停。

總之雖然不知道大家到底在期待什麼，但是我先完成該做的事吧。

今天這個日子海才是主角，我只要想著海就好。

「那……我真的要送了，海。」

「……嗯。」

「這是我要送妳的生日禮物。」

我用雙手穩穩拿著提前從包包裡拿出來的小盒子，遞到海的面前。

「呃……生日快樂，海。還有謝謝妳平常的照顧。」

「嗯，我才要謝謝你。這個，可以打開嗎？」

「……請。」

海先把視線看向禮物上的手寫卡片，低聲說句：「笨蛋。」然後小心翼翼避免撕破，俐落地剝開包裝的貼紙。

接著打開的盒子裡面裝有以金屬加工製成的藍色花朵飾品。

「這個藍色的層次好漂亮……這該不會是髮飾吧？」

「……嗯。店員表示可以在派對之類的場合時搭配禮服。」

前幾天我一直煩惱到傍晚才選出來的東西。

這不是我起初設想的那種平常用得到的物品。我送給海的禮物正好相反，一年未必用得上一次。

不像新田同學送的飾品那樣，平常穿便服時可以拿來搭配。也不能像天海同學送的布偶那樣，可以放在房間裡當抱枕。

是那種搞不好會收在抽屜裡，好幾年都派不上用場的類型。

可是最後還是從諸多備選當中，決定送給海這個放在店面角落，將在不久之後遭到出清的飾品。

「這個，我知道以禮物來說不算是太好的選擇。可是當我想像海戴上這個時，就覺得應該會很漂亮……」

看到她元旦時穿著振袖的樣子，一直覺得海和藍色非常搭。

隨著光線的不同，時而清澈，時而暗得看不見底……就好像會隨著時間與場合展現各種面貌的「海」。

「所以，這個……總之，就是這樣。」

「原來如此，難怪你會拖到傍晚才回家……欸，這個，現在可以戴戴看嗎？」

「當然可以……不過跟現在的衣服完全不搭就是了。」

「這個你要自己想像。真樹很擅長這種事吧？」

「是沒錯啦。」

我先是想像海在聖誕派對的模樣，等待海戴上髮飾。

海看著盒子裡附的說明書，好好將髮飾戴在亮麗的黑髮上，端正姿勢轉身面對我。

「呃……真樹，怎麼樣？」

「……嗯。果然跟我想的一樣。」

藍色花朵的髮飾比我想像中的更搭海的黑髮。髮飾本身並不大，所以存在感比較低，不過我覺得有好好襯托出海的美。

「很、很漂亮喔……海。」

強烈感受到眾人的視線，臉頰也愈來愈熱。雖說只是送出禮物，但是總覺得到頭來，還是在大家面前搞得像對笨蛋情侶。

然而既然海在等我的真心話，我就不想因為害羞而轉移焦點。

「……嘿嘿，謝謝你，真樹。這個，我會一直珍惜的。」

「是嗎。聽見妳這麼說，我也很高興，吧。」

看著跟我一樣連耳朵都變得通紅的海，忍不住如此心想。

……我的女朋友果然很可愛。

「啊～……哎呀，這的確很不得了……夕，妳平常都是看著他們秀恩愛嗎？真虧妳受得了呢～換成我是妳的話，早就把他們一起送去哪個無人島了。」

「啊哈哈……可是這證明他們就是這麼要好。而且看到海幸福的樣子，我也很開心。」

「欸，大家會不會覺得委員長和朝凪害得只有客廳變得很熱啊？要不要開冷氣？溫度設個十六度之類的。」

「真、真沒想到那個小海竟然這麼……」

「哎呀呀。嗯，這就是所謂戀愛中的少女嗎～」

我決定之後吃點料理和蛋糕撐過這場派對，但是海以外的其他女性又是揶揄又是追問的攻勢完全停不下。

這種聚會雖說確實挺開心的，但是我已經快要撐不下去，所以希望趕快結束。

「我說啊，海。」

「什麼事？」

「那個……不用再戴著了吧。」

「不要～我還要戴一會兒。」

「這樣啊。既然這樣……繼續戴著也無所謂。」

「嗯……欸，真樹。」

「嗯？」

「……這個，好看嗎？」

「……剛才不是說了嗎？」

「我想再聽一次。」

「咦咦……不，可是妳看，大家都在看……」

「再一次。」

「唔……」

她能中意固然很好，但是其餘五個人都投來竊笑的視線。

不，可是今天是海的生日。

所以今天我打算依照之前的決定，盡可能地寵愛海。

「……我、我覺得很好看，很漂亮。」

「呵呵……謝謝你，真樹。」

如此說道的海緊緊貼著我的手臂。

海這麼高興，我當然是再開心不過，但是再這樣下去，我多半會難為情到在地上打滾。

終章1 邁向新季節

順利度過在天海家舉辦的海的生日會之後，我與海向眾人道別，花了比過來時更多的時間，慢慢走在通往朝凪家的路上。

結果後來整場派對，海都一直黏著我。對於以前都沒有朋友的我來說，第一次和朋友一起慶祝固然非常開心，但是難為情的感受更在其上，總覺得幾乎整場派對我都紅著臉。

這種事偶一為之還好，但是下次有這種機會時，希望務必兩個人獨處慶祝。

……只是明明現場還有其他人，我們都這麼笨蛋情侶，所以兩人獨處時如果不好好抱持自制心，多半有很多事會很不妙。

「真樹，今天好開心喔。」

「嗯。是啦，雖然幾乎同樣難為情。」

「嘿嘿，的確是呢。可是這樣一來，大家應該也知道我們是感情很好的情侶吧？」

「我是覺得有點太過頭了。」

海的獨占欲很強，同時也有愛吃醋的傾向，這是海可愛的一面，但是對於二取同學和北条同學這種第一次看我們相處的人而言，想必十分吃驚。

在天海同學和新田同學這些平常一起行動的成員面前確實都很正常。但是處於今天這樣的場合，海還特意強調她跟我的關係，讓我覺得有點稀奇。

「……海，我沒事的。」

「咦？你、你在說什麼？」

「就是說，我不會對其他女生動心……因為我和其他女生說話的時候，該怎麼說，妳的表情顯得很不安。」

「唔……你、你怎麼知道？」

「嗯，就是隱約有這種感覺。」

今天四周的女生比平常更多，所以和其他人說話的機會也變多了，然而當時瞥見海臉上的表情有些不開心。

當然了，今天她是受大家祝賀的主角，而且還是在別人家慶祝，表面上依然表現很正常。但是例如抓我袖子的力道有時候會變強，或是大家矚目的視線集中在別人身上時，就會有那麼一瞬間鼓起臉頰，看在平常一直看著海的我眼裡，還挺好懂的。

「因為……我就是不安嘛。」

「妳說不安，指的是例如擔心我會喜歡其他女生嗎？」

「…………嗯。」

雖然我不會受海以外的女生吸引，但是海跟我一樣個性正經，又容易陷入負面思考，所以無論如何都會想到「萬一」。

「欸，真樹也許沒有察覺，但是看著現在的我，你不覺得我有所改變了嗎？」

「咦？改變……？」

我看向身旁的海。

和以往相比沒什麼兩樣，是個有著認真又清澈的眼眸，柔順的黑髮，找不到一處瑕疵的漂亮嫩白肌膚，我比誰都喜歡，也是最重要的女生。

今天是她的生日，所以雖然有點冷，但她穿著剛拿出來的春季外套，以及有點薄的及膝裙子。頭髮也是連髮尾都很整齊，還噴上我們兩人出門時常用的香水。

對此我是在今早拜訪朝凪家時便察覺了，也確實詢問過海，她說我答對了。

「唔，這樣貼在一起果然不容易看出來嗎……那麼這樣呢？」

如此說道的海放開我，在我身前不遠的地方站直身體。

這麼說來我已經很久不曾看過海這樣站立的模樣——雖然覺得比起以前的苗條體型，稍微豐滿了一點，不過身材還是一樣好。

「……等等？」

「真樹，你總算發現了？」

「啊啊，嗯。我本來還以為可能是錯覺。」

現在的海，和跟我變成男女朋友之前的海……還是一樣漂亮又可愛，撇開這點不提，在我看來的確有唯一一點不一樣。

「海……莫非是我長高了一點吧？」

「……嗯，答對了。雖然我也是在真樹開始打工那陣子才隱約發現的。」

與以前的記憶相比，感覺海的身高似乎矮了一兩公分——當然從年齡上來說，海的身高不可能縮水，這就表示我的身高變高了。

最近的我跟海隨時黏在一起，因此很少這麼客觀地看著她，所以不容易察覺。但是仔細想想，就發現我確實成長了。

「真樹對於自己的事還挺遲鈍的，所以也許沒察覺，但是你比自己想像中變得更帥嘍？在班上也不再畏首畏尾，學業成績也在進步，還會跟關一起鍛鍊身體，還有開始打工，髮型也不再亂糟糟……其實你『最近不一樣了』這件事，在班上也是熱烈討論的話題。夕和新奈就時常讚美你。」

「這樣啊。原來有這回事。」

這段期間我滿腦子只有「我好喜歡海」哪怕身高終究只是副產物，但是海所說的都是我為了心愛的女朋友而做的事。我一心一意只想著不希望因為自己不像樣而讓海被人看不起，或者是因此讓海多慮。

然而即使我的注意力都放在海一個人身上，完全沒注意周遭，但是身邊像天海同學與新田同學等人也會好好看著我，改變以往的看法重新評價我的人似乎愈來愈多。

「像是今天也是，看到真樹很正常地和紗那繪以及茉奈佳說話，我就莫名地害怕起來。以前的真樹明明只屬於我一個人，明知真樹是為了我而努力，但是其他女生也發現『前原真樹』這個很棒的男生……我就忍不住擔心搞不好又會像以前那樣，不知不覺間又只剩自己孤伶伶一個人。」

「妳是指……像天海同學當時那樣？」

「……嗯。啊哈哈，真是的，我在胡思亂想什麼啊。明明相信真樹不是會做那種事的男生，還是放不下以前不好的回憶。」

海露出無力的笑容，臉上不見剛才的開朗。

明明是自己抱持如此希望，但是不知不覺間卻發生自己最害怕的事……海跟我很像，一旦想太多，思考就容易往負面方向靠攏，所以才會不由自主浮現國中時代的回憶吧。

經歷過雙親不和與離婚的我也是如此，這種精神方面的創傷，不會只因為事情就此了結而輕易消失。必須花上更多時間，而且還未必能夠緩解。

因此無論我怎麼說「不用擔心」，如果海不認為「不用擔心」，我的鼓勵也不過是暫時的精神安定劑。

然而即使如此，我再也不忍心放著海不管。所以——

「海，要不要稍微繞個路？我有個想去看看的地方。」

「那是沒關係，不過……這附近有什麼嗎？」

「不是那麼了不起的東西……但是平常只是從遠處看，所以偶爾想就近觀看。」

「嗯？既然真樹這麼堅持……」

我帶著偏頭感到納悶的海，離開原本的路線，沿著住宅區的狹窄道路前往某個地方。

「……太好了。雖然有點謝了，仍有一半左右還開著花。」

「這裡是——」

我們走到開闊處的瞬間，眼前是河濱。儘管直到昨天的天氣都很差，河水的流速也有點快，但是過了一天之後似乎趨於穩定，平靜流動的河水顯得相對清澈。

然後稍遠處種著整排的櫻花樹……就是我過來這裡的目的。

「去年只是從大樓的窗戶看過來，心想偶爾也要就近觀看。而且由於樹不多，所以人也很少。」

雖然有零星的人在跑步或帶狗散步，但是沒有人像是來賞花的。由於也沒有人在看，所以應該可以悠悠哉哉。

「的確很漂亮，連我也覺得如果就這樣回去有點可惜，所以這也沒什麼不好，可是為什麼要來這裡？」

「沒什麼特別重要的理由……可是我隱約覺得要對海表達我的謝意，就屬這裡最好……那裡有長椅，我們坐下來吧。」

「嗯、嗯。」

我們兩人並肩坐在櫻花樹旁為數不多的長椅。

說是賞花有點誇張，但是我認為已經足以感受到新季節的來臨。

「……我啊，以前不太喜歡春天。雖然白天氣候宜人，而且也不討厭類似櫻花這種平靜的景色。」

「這樣啊。該不會是因為要自我介紹吧？」

「嗯。說來不好意思，我覺得那對我來說既沒有邂逅也沒有別離，只是自己一個人出洋相。整體來說，也許是我最憂鬱的時期。」

因為爸爸每次轉調都是在工作年度的尾聲，所以我每次都是以外來者的身分，在不認識任何人的環境度日。

當時我認為這是爸爸的工作需要，所以無計可施，但是我的個性本來就很內向，周遭沒有人可以依靠的學生生活確實滿難熬的。

接著一年過去，春天一如既往地來臨。

「可是真要說來，我今年很期待春天。當然也會擔心是否又搞得跟去年一樣。」

「這個是因為……有我在嗎？」

「嗯。當然了，沒人能保證我們會分在同一班，而且也有可能和大家分開，所以說不定會在班上遭到孤立。」

即使如此，現在的我跟以前不一樣，並非孤伶伶一個人。

一旦發生什麼事，有夥伴願意陪我商量。覺得寂寞時，也有情人依偎在我身邊。

無論發生什麼事都不是一個人——正是因為能夠這麼想，才會逐漸湧出足以面對不安的勇氣。

「……海，我再次鄭重謝謝妳，願意跟我當朋友，願意喜歡我，願意當我的女朋友。我能像這樣一點一滴成長，都是多虧了海。」

視線有所提升，身高隨著背脊挺直再度開始成長，以及過去的灰色景象開始有了色彩，全都是多虧了她。

「……所以說，海，只要妳有任何一點不安，希望妳隨時跟我說。不用客氣，別覺得對我不好意思。」

「可以嗎？就算我坦白說，真樹也不會討厭我嗎？連我自己都嚇了一跳，我可是個挺沉重的女生喔？動不動就會吃醋，又需要人陪。」

「可以啊。而且沉重也是妳有多麼喜歡我的證據……當然了，我也不會只是乖乖聽話，也會說出自己的想法就是了。」

「……那麼，這種事也要說嗎？」

如此說道的海用手機傳訊息給我。

『（朝凪） 不要變得更帥了。要當我一個人的真樹。』

『（朝凪）不用去打工也沒關係，省下時間陪我。』

『（朝凪）我不要你跟中田小姐那麼要好。』

看到這裡便朝海的方向看去，只見她紅著臉低下頭，目光從我臉上移開。

只看這些會覺得她很沉重，而且想要束縛我，但是海也明白這樣不好，所以絕對不會說出口，也不會逼我。

雖然撇開臉，海依然頻頻窺探我，讓我覺得她這樣非常少女，很惹人憐愛。

「海，過來。」

「……嗯。」

我張開雙手，海遲疑了一會兒便撲過來，把臉埋進我懷裡。

「不管誰說什麼，真樹都是屬於我的……不管是體貼的一面，還是有點沒出息的一面，全都是只屬於我一個人的真樹……」

「嗯。以後的我也會一直屬於海。」

就像海為了我做的那些事，我也接受海的任性。

即使只是暫時的安慰，但我相信只要有無論出什麼事都會有「我（真樹）」在，有「海（我）」在的這種安心感，傷痕遲早不會再感到痛。

接下來好一會兒，我不理會周遭的景色，一直撫摸海柔順的黑髮。儘管感覺得到不時有路人看著我們，但是我現在心裡只想著海，甚至沒空覺得難為情。

天海同學、新田同學和望這些「朋友」也都是好人，當然都很重要。但是如果要我選，我無疑會選擇「女朋友」海一個人。

「真樹的氣味果然讓人放心……雖然現在有很多其他女生的氣味，讓我有點火大。」

「是這樣嗎……那麼海儘管把自己的氣味弄到我身上，到了大家都害怕的地步。我不在意喔。」

「你說得好體貼啊……聽到你這麼說，我會愈來愈回不了頭的。」

「回不了頭……例如什麼情形？」

「首先，我會變成病嬌。」

「一開始就是絕對不想要的變化。」

大概是心情稍微鎮定，開始有些閒情逸致，海也不時開起玩笑。

依照海的個性，我想應該不至於變成像開玩笑說的那樣……不過我希望以後也能好好珍惜她。

「……天色變暗了，差不多該回去了吧。要是拖得太晚，空伯母也會擔心吧。」

「嗯……真樹，謝謝你安慰我。多虧了你，我完全放心了。」

「這樣啊。那就好。」

「嗯。太好了。」

我們又稍微打情罵俏一會兒，這才從長椅上起身。這次我們走到回家的路上，準備把海送回朝凪家。

海的心情完全恢復了，途中還以撒嬌的模樣抱住我的手，這樣果然很難走。但是相對的可以慢慢走，所以正合我意。

「欸，真樹，有件事我還想再做一次，可以嗎？」

「又要嗎？不過既然海想做，我也會奉陪……這次要怎麼做才好？」

「你跟剛才一樣站著就好，之後交給我。」

「嗯？了解。」

於是海和先前一樣，走到我身前不遠的地方轉身面對我。

因為我的身高變高了，所以有點落差的視線交纏在一起。

「……真樹，稍微失禮一下。」

「咦？」

——啾。

下個瞬間，海踮起腳尖，柔軟的嘴唇吻在我的額頭。

「……嗯，雖說身高變高了，但是距離我的希望還很遠啊。」

「什麼？怎麼回事？」

「意思是說雖然喜歡我和真樹現在這個視線高度，不過還是多少有些嚮往我需要踮腳才能KISS的高度。」

「我覺得身高應該沒辦法長這麼多……不過以後我也會以這樣的心情努力看看。」

「嗯。加油，真樹。」

被心愛的女朋友這樣加油打氣，我也只能繼續努力了。

往後的目標自然而然決定之後，我們又朝著新的季節踏出一步。

終章2 夢想還未見過的初戀

招待今天生日的好朋友與其他幾位朋友，十分開心的派對結束之後，我和媽媽開始收拾剩下的料理、飲料、裝飾等等。

「嘿嘿，今天能和大家一起熱熱鬧鬧，好開心啊。海的生日會每次都很開心，不過今年還多了真樹同學，感覺更開心了。」

「是啊。他是第一個來我們家的男生，本來我還擔心這樣好不好。但是他很有禮貌，如果是他的話，妳何時帶回家都沒關係。」

「呵呵，真是的，我不能做那種事啦。真樹同學已經是海的男朋友，我要是太亂來會被海罵的。」

「就是啊～小海給我的印象還挺可靠的，所以先前聽說她有男朋友的時候就很驚訝了，再看到她在前原同學面前那麼害臊，老實說真的嚇了一跳。」

「對吧。以前都不曾看過那麼可愛又愛吃醋的海，所以我不禁心想原來喜歡上一個人，就會變成那樣啊。」

平常的海是個引領我和新奈仔的可靠領袖，但是看到她在真樹同學面前的表情，就能明白之前應該是因為顧慮我們而在忍耐。

在真樹同學座位後面隨時展開黏人攻擊的海。自己不在場時，當我或新奈仔和真樹同學聊得很開心，就會明顯鼓起臉頰，變得有點不高興的海。

只要真樹對此道歉，心情就會立刻變好，再度惡作劇般展開糾纏攻勢，黏著他撒嬌的海。真樹有事不在便垂頭喪氣的海……看見海不為人知的方方面面，多得根本說不完。

老實說，一開始我很嫉妒真樹同學。明明我跟海一直都是朋友，是好朋友，但是他在短短幾個月內與海縮短距離，還在不知不覺間成為男女朋友。

要說我能夠做些什麼，頂多只有就近溫暖地看著他們。

……不過也多虧如此，才能找到捉弄海來觀察她可愛之處的這種新樂趣。

「……不過小海的事暫且不提，這樣一來就會好奇自己的女兒又是如何～……瞄。」

「咦？我？」

「那還用說。妳們進入男女合班的學校，小海交到男朋友，這當然表示妳可能也有相處融洽的男生……實際情形怎麼樣？有很多男生向妳表白這點我有聽說所以知道，但是這些人裡面有沒有適合的人選？」

「咦～？沒有沒有，才沒有這種對象。的確有人是大家都說帥，也有人邀我去約會……如果只是玩得開心姑且不論，要是問我想不想跟他們做些男女朋友才會有的舉動，那麼我都不太有感覺。」

我覺得在海與真樹同學公開交往之後，來約我或是突然找我表白的人變多了，但是說來失禮，無論哪個人都沒有給我戀愛的感覺。

無論同班同學、學長、外校學生……無論認識不認識，哪怕對方對我表白。

「真傷腦筋。」

這都是我最先浮現的想法。

大部分的人都說：「先從朋友做起。」然而我從他們的眼神當中，感受到他們希望從我這裡得到並非「朋友」之間會有的事物，所以讓我很害怕。

現在的我明明只求能夠笑著開心度過每一天就夠了。

「這樣啊。過了那麼久的女校生活，突然要妳找個男朋友或是情人，也許相當不容易吧。可是夕屬於那種用直覺選人的類型，『那一天』說不定就是明天喔。」

「會嗎～？我多少也有在思考，所以應該不會那麼快到來……而且我連自己喜歡什麼類型的男生都不清楚。」

這是女生之間一定會聊到的話題，但是我沒辦法明確回答這個問題。

很受歡迎的運動性社團學長，電視、雜誌或社群網站時常看到的偶像或演員。

我覺得他們很帥，也覺得他們努力的模樣很棒。

可是那終究是覺得「好厲害！」這種屬於稱讚與尊敬之類的情感，和戀愛不一樣。

我想自己還不曾明確體驗「戀愛」這樣的感情。只是講上一句話就好開心，只是相互碰觸就一整天都很雀躍……雖然只是從海和新奈仔那裡聽說，但是想必這種情形才是我所謂的「戀愛」吧。

「欸，媽媽。」

「什麼事？」

「這個……我也會有嗎？會有能讓我像海那樣，露出自己不知道一面的男生。」

「這種事根本不用問吧。妳是我和爸爸相愛生下的孩子，所以一定沒問題的。」

「這樣啊。嘿嘿，說得也是……那就好。」

幸好我快要升上高中二年級。

多半會被分在與海不同的班級，而且搞不好會跟其他朋友分開。

可是相對的，一定會有新的緣分等著我。新的同班同學，以及新入學的那些尚未謀面的學弟妹。

雖然多半不會只有好事，即使如此，我還是很期待幾天後的開學典禮。

——不知道今後會喜歡上什麼樣的人。

——但願是個很好的人。

夢想著還未見過的初戀何時降臨，我，天海夕的新季節即將開始。

後記

首先感謝各位讀者買下第三集。

因為有著各位讀者支持的聲音，才能像這樣順利地一集一集出版。除此之外，網路連載的漫畫版也獲得好評，似乎也因此讓讀者對小說產生興趣，站在作者的立場，自然是再開心不過。還請各位讀者今後也能夠繼續給予支持與愛護。

本集是從第二集發售以來時隔大約五個月的新刊，我在寫著幾乎都是全新內容的第三集原稿之餘，久違地返鄉一趟。我一直很期待能見到也有放在推特個人帳號大頭貼的老家那隻黑巴哥（公）。其實在我去年返鄉時，牠已經罹患頸椎椎間盤突出，造成後腳幾乎不能動，只能用前腳爬行似的行走。

迎接牠作為家庭成員以來已經過了十幾年，年紀也大了，多半很難改善症狀吧……我原本是這麼想的，但在久違重逢時儘管不像以前那麼靈活，還是用自己的腳站起來迎接我。

雖然現在依然過著服用其他藥物的生活，但是小時候就貪吃的習性還是老樣子，一轉眼間就吃完自己的分，在同樣正在吃飯的我和家人身旁徘徊，想多分到一點食物的模樣就和從前一樣，讓我忍不住想笑。我到現在還是會偶爾想起那件事，每次都能帶給我活力。

由於至今仍看不到結束跡象的新冠病毒影響，我依然過著相當令人灰心喪氣的日子，不過希望今後能用自己的方式繼續努力。

那麼，我的近況就寫到這裡。雖然老套，在此還是要向促成本集發售的各方人士致謝。

從第二集起擔任插畫的日向あずり老師，以及Sneaker文庫編輯部、責任編輯。漫畫版則有尾野凜老師與Alive編輯部的各位，真的是靠著很多人的協助，《班上第二可愛》整個系列才得以成立。還請各位以後繼續多多關照。

最後是各位讀者，今年又來到寒冷的時期，還請充分留意身心健康，過個好年。